VLADIMIR SOROKIN • DIE HERZEN DER VIER

VLADIMIR SOROKIN

DIE HERZEN DER VIER

ROMAN

AUS DEM RUSSISCHEN
VON
THOMAS WIEDLING

HAFFMANS VERLAG

Das russische Originalmanuskript
»Serdca četyrëch«
entstand 1991 in Moskau

Welt-Erstausgabe

Satz und Umschlaggrafik: Biotrowski Type, Zürich
Herstellung: Offizin Andersen Nexö, Leipzig
ISBN 3 251 00231 7

Oleg stieß die Tür mit dem Fuß auf und betrat die Bäckerei. Es war nicht viel los. Er ging zu den Stellagen, nahm zwei Weißbrote für zwanzig und ein halbes Schwarzbrot. Er stellte sich hinter einer Frau in die Schlange. Es dauerte nicht lang, bis er an der Reihe war.

– Fünfzig, – sagte die grauhaarige Kassiererin.

Oleg gab einen Rubel.

– Ihre fünfzig, – die Kassiererin gab ihm heraus.

Die Brote im Arm, lief er zum Ausgang. Draußen nahm er seine Plastiktüte, um die Brote hineinzustecken. Ein Laib rutschte ihm aus dem Arm und fiel in eine Pfütze.

– Verdammt... – Oleg bückte sich und hob den Laib auf. Er war dreckig und naß. Oleg ging zu einem Abfallkorb und warf den Laib hinein. Dann faßte er die Tüte bequemer und machte sich auf den Heimweg.

– He, Junge, warte mal! – rief es von hinten.

Oleg drehte sich um. Ein hochgewachsener alter Mann, der am Stock ging, kam auf ihn zu. Er hatte einen grauen abgetragenen Mantel an und eine Armeemütze auf dem Kopf. In der Linken trug der Alte ein Einkaufsnetz mit einem Laib Schwarzbrot. Das Gesicht des Alten war hager, die Miene gelassen.

– Warte, – wiederholte der Alte, – wie heißt du?

– Ich? Oleg, – antwortete Oleg.

– Und ich Genrich Ivanyč. Sag, Oleg, hast du es sehr eilig?

– Nicht besonders, nein.

Der Alte nickte:

– Gut, gut. Du wohnst wahrscheinlich in dem Hochhaus da. Erraten?
– Erraten, – Oleg schmunzelte.
– Sehr gut. Ich ein Stück weiter, beim »Ozean«, – der Alte lächelte. – Weißt du was, Oleg, wenn du es wirklich nicht eilig hast, laß uns in unsere, sozusagen gemeinsame Richtung gehen und ein bißchen reden. Ich will mich mit dir über etwas unterhalten.

Sie gingen nebeneinander her.

– Weißt du, Oleg, am wenigsten auf der Welt kann ich Moralapostel leiden. Vor solchen Leuten hab ich noch nie Achtung gehabt. Ich kann mich erinnern, wie ich noch vor dem Krieg im Sommer ins Pionierlager geschickt wurde. Da bekamen wir als Pionierleiter so einen Moralapostel. Hat uns Knirpse dauernd belehrt, wie wir zu sein hätten. Na ja, kurz gesagt, ich bin abgehauen aus diesem Lager...

Eine Weile lief der Alte, stumm vor sich hin starrend, seine Prothese knarzte. Dann fing er wieder an:

– Als der Krieg ausbrach, war ich gerade vierzehn. Wie alt bist du denn?
– Dreizehn, – antwortete Oleg.
– Dreizehn, – wiederholte der Alte. – Hast du von der Leningrader Blockade gehört?
– Ja, schon...
– Schon, – wiederholte der Alte, seufzte und fuhr fort, – damals blieben meine Großmutter, mein kleines Schwesterchen Veročka und ich übrig. Vater fiel am ersten Tag, am 22. Juni, bei Brest. Mein älterer Bruder – bei Charkov. Und Mama wurde in einem Luftschutzkeller auf der Vasiljevsker verschüttet. Übrig blieben wir – die Alten und die Jungen. Meine Oma fand Arbeit in einem Krankenhaus, sie nahm Veročka zum Dienst mit, und ich ging in die Fabrik. War keine Arbeit für Kinder, Oleg, die man mir da beibrachte –

Granaten für die »Katjuža« zusammenschrauben. In den zweieinhalb Jahren hab ich soviele zusammengeschraubt, daß es für eine ganze Division Faschisten gereicht hätte. Tja. Wären nicht unsere lausigen Obermotzen gewesen, allen voran Ždanov, die Stadt hätte sich gut halten können. Aber denen steckte das Hirn im Arsch damals, Scheißkerle, haben uns alle in Gefahr gebracht: sich nicht um die Versorgung gekümmert, konnten sie nicht sichern. Die Deutschen bombardierten sofort die Badaevsker Lagerhallen, sie standen alle in Flammen, und wir haben geweint. Begriffen langsam, was uns erwartete. Alles verbrannt. Mehl, Butter, Zucker. Dann, im Winter, sind die Frauen hin, haben die Erde abgekratzt, sie gekocht und gesiebt. Angeblich kam dabei eine süße Brühe heraus. Vom Zucker. Und überhaupt, die Brotration eines Arbeiters 200 Gramm, für nicht Werktätige 125. Als der Ladogasee zufror, ist Veročka aufs Festland rüber, auf dem »Weg des Lebens«. Ich selbst hab sie auf den Lastwagen gesetzt. Oma hat sich bekreuzigt und geweint: soll wenigstens sie überleben. Und später dann, als die Blockade aufgehoben wurde, haben wir erfahren – Veročka war nicht angekommen. Luftangriff der Deutschen, sechs Lastwagen mit Kindern und Verwundeten – ab unters Eis...

Der Alte blieb stehen, zog ein zerknülltes Taschentuch hervor. Schneuzte sich.

– So war das damals, Oleg. Aber ich wollte dir von einer Begebenheit erzählen. Zweiter Blockadewinter. Die allerschwerste Zeit. Vielleicht hab ich es nur ausgehalten, weil ich ein Knirps war. Oma starb. Die Nachbarn starben. Und nicht nur sie. Jeden Morgen wurde jemand auf dem Schlitten weggeschafft. Und ich in die Fabrik. Gehst in die Gießerei zum Aufwärmen. Und wieder zurück in die Montage. Tja. Und am Silvestertag kommt ein Kollege von Papa zu mir. Vasilij Nikolaič Koselev. Er schaute manchmal bei uns vorbei, brachte Konserven, Getreide. Half Oma beerdigen. Kommt also und sagt: los, Stachanovarbeiter, zieh dir was an. Ich sag: wohin? – Geheimnis, sagt er. Neujahrsgeschenk. Ich zog mir was an. Wir gingen. Und da bringt er mich zur Brotfabrik. Führt mich durch die Pforte und zu sich ins Büro. Er war dort Parteisekretär. Sperrt die Tür ab. Macht den Safe auf, holt aufgeschnittenes Brot heraus und eine Büchse Fleisch. Schenkt heißes Wasser mit Sacharin ein. Iß, Stachanovarbeiter, sagt er. Laß dir Zeit. Gestürzt hab ich mich auf das Büchsenfleisch, auf das Brot. Dieses Brot, Oleg, hättest du wahrscheinlich gar nicht für Brot gehalten. Schwarz wie Humus, schwer, naß. Aber für mich war es damals süßer als jede Torte. Ich verputzte alles, trank das heiße Wasser hinterher, und war wie betrunken, fiel hin und kam nicht mehr hoch. Er trug mich auf eine Matratze beim Heizkörper. Schlaf bis morgen, sagt er. Und hat selbst rund um die Uhr dort gearbeitet. Ich hab gepennt, in der Früh hat er mich geweckt. Mir wieder zu essen gegeben, aber weniger. Und jetzt komm, sagt er, ich zeig dir unseren Betrieb. Hat mich durch die Werkabteilungen geführt. Tausende von Brotlaiben hab ich da gesehen, Tausende. Wie im Traum schwebten sie übers Fließband. Werd ich nie vergessen. Und dann bringt er mich ins Lager. Da stand eine Kiste. Eine Kiste mit Brotkrumen. Weißt du, die wurde ans Ende vom Fließband gestellt, um die Krumen aufzufangen. Ja. Da nimmt Vasilij Nikolaič eine Schaufel – und mir in die Stiefel. Hat mir die Krumen reingeschaufelt. Und sagt dann: Frohes Neues Jahr, Verteidiger von Leningrad. Geh heim, an der Pforte nicht stehenbleiben. Da ging ich. Ging durch die Stadt, Schnee, Schutthaufen, zerstörte Häuser. In den Stiefeln knirschten die Krumen. So warm. So schön. Ich hab diese Krumen damals auf eine Woche verteilt. Immer nur ein bißchen gegessen. Deshalb hab ich überlebt, weil er mir diese

Krumen in die Stiefel geschippt hat. Das war sie, die Geschichte, Oleg. Und da ist dein Haus, – der Alte deutete mit dem Stock auf das Hochhaus.

Oleg schwieg. Der Alte rückte seine Mütze zurecht, hustete:

– Und jetzt hör mal, Oleg. An all das mußte ich eben denken. Als du den Laib Weißbrot in den Abfall geworfen hast. Mir fielen die Krumen ein, die steifgewordene Leiche von Großmutter. Die toten Nachbarn, aufgedunsen vor Hunger. Es fiel mir ein, und ich dachte: Verdammt nochmal, wie ist das Leben doch verrückt. Ich hab damals um Brotkrumen gebettelt, nach Ratten gejagt, und heute schmeißen sie ganze Weißbrote in den Abfall. Zum Lachen ist das und traurig. Wozu diese ganzen Qualen? Wozu soviel Tod?

Er verstummte.

Oleg verlangsamte seinen Schritt, dann sagte er:

– Na ja... wissen Sie. Ich hab das. Also... es wird nicht wieder vorkommen.

– Ehrlich? – der Alte lächelte wehmütig.

– Mhm.

– Versprichst du es?

– Ich versprech es.

– Na, Gott sei Dank. Ich hatte, zugegeben, schon Befürchtungen, als ich mit dir redete. Dachte, er hört sich den alten Schwätzer an, der Junge, und dann haut er ab wie ich damals aus dem Pionierlager!

– Aber nein. Ich bitte Sie. Ich sehe das alles ein. Es war einfach... eben aus Dummheit. Ich werd nie mehr Brot wegwerfen.

– Das ist prima. Gut. Ich weiß nicht, wie es anderen geht, aber ich glaube an eure Generation. Ich glaube an sie. Ihr werdet Rußland retten. Davon bin ich überzeugt. Ich halte dich nicht auf?

– Aber nein, ich bitte Sie.

– Dann begleitest du mich vielleicht jetzt bis zum Haus? Zu dem dort.
– Freilich. Geben Sie mir Ihr Einkaufsnetz.
– Ach, danke, – mit einem Lächeln gab ihm der Alte das Netz mit dem Brot, legte ihm die freigewordene Hand auf die Schulter und lief neben ihm her.
– Wo sind Sie verwundet worden? – fragte Oleg.
– Das Bein? Das ist eine eigene Geschichte. Auch nicht ohne, könntest einen Roman drüber schreiben… Aber Schluß damit. In welche Klasse gehst du denn?
– In die sechste. In der Schule dort drüben.
– Aha. Wie ist der Unterricht?
– Es geht.
– Hast du gescheite Freunde?
– Ja.
– Und Freundinnen?

Oleg zuckte die Achseln und lächelte.

– Ist aber langsam an der Zeit, sich als Mann zu fühlen. In deinem Alter muß man lernen, den Mädchen den Hof zu machen. Und in einem Jahr oder anderthalb kannst du dann auch schon vögeln. Oder glaubst du – zu früh?
– Nee, – Oleg lachte, – Glaub nicht.
– Recht so. Ich war damals derselben Ansicht. Nach der Blockade, du glaubst nicht, wieviel Mädchen und Frauen da ohne Mann waren. Wenn du auf dem Nevskij gingst, da haben die vielleicht geguckt. Richtig lüstern. Einmal bin ich ins Kino. Das erste Kino nach der Blockade. Es lief »Alexander Nevskij«. Neben mir saß eine Frau. Und plötzlich mitten im Film merke ich – sie legt mir die Hand auf den Schoß. Ich mache gar nichts. Sie knöpft mir den Hosenschlitz auf und nimmt meinen Schwanz. Gezittert hat sie dabei. Ich sitze. Und sie beugt sich herunter und beginnt mir einen zu blasen. Toll, sag ich dir. Ich bin auch gleich gekommen, ihr in den Mund. Und auf der Leinwand –

Schlacht auf dem Eis! Sie flüstert mir ins Ohr – laß uns zu mir gehen. Da sind wir zu ihr. In die Litejnaja. Tagelang haben wir gevögelt. Was hat sie nicht alles gemacht mit mir! Aber einen blasen, das konnte niemand besser. So sanft, hin und her, und schon komm ich. Hat dir noch nie jemand einen geblasen?

– Nee, – Oleg schüttelte den Kopf.

– Macht nichts, kommt alles noch. Da sind wir schon! – der Alte blieb bei einem fünfstöckigen Block stehen, – da ist meine Hütte, mein trautes Heim. Dank dir für den Spaziergang.

– Nichts zu danken, – Oleg gab dem Alten das Einkaufsnetz.

– Aha! Und was ist das da? – der Alte deutete mit dem Stock auf einen grünen Bauwagen, der neben dem Haus unter Bäumen stand. Die Tür des Wagens war angelehnt.

– Ich als alter Filibuster kann da nicht vorübergehen. Mir nach, Matrose! – er schwenkte das Netz und humpelte in Richtung Wagen.

Oleg lief hinterher.

– Tür offen, Schloß fehlt, kein Licht an. Waren wohl die Rothäute hier!

Sie kamen zum Wagen. Der Alte stieg die Stufen hoch, ging hinein. Er tastete nach dem Lichtschalter, knipste:

– Aha. Licht geht keins. Mir nach, Oleg.

Oleg folgte ihm. Im Waggon war es eng. Es roch nach Farbe und Kot. Durch ein Fensterchen fiel Licht von der Straßenlaterne auf einen Tisch, auf Stühle, Kisten, Farbeimer und Lumpen.

– Also dann, – murmelte der Alte, warf plötzlich Stock und Einkaufsnetz hin und ließ sich vor Oleg auf die Knie fallen, wobei er seine Prothese ungelenk abspreizte.

Seine Hände griffen nach denen von Oleg:

– Oleg! Lieber, hör zu… ich bin ein alter unglücklicher

Mann, Kriegs- und Arbeitsinvalide... Du Lieber, du... an Freuden kenne ich nur Brot und Margarine... Oleg, mein lieber Junge, ich flehe dich an, erlaube mir, dir einen zu blasen, Liebster, erlaub es mir, um Christi willen!

Oleg wich zur Tür zurück, doch der Alte hielt seine Hände umklammert:

– Liebster, Liebster, es wird ganz toll für dich sein, ganz angenehm... wirst es gleich merken... und lernst es, mit den Mädchen wird es dann gleich leichter gehen, erlaub es, Liebster, ein bißchen, ich werd dich gleich... und kriegst einen Zehner von mir, hier, einen Zehner!

Der Alte langte in die Hosentasche und zog ein Geldbündel hervor:

– Hier, hier, zehn... zwanzig, einen Fünfundzwanziger, Liebster! Um Christi willen!

– Was soll das... – Oleg riß seine Hand los und sprang aus der Tür, stieß dabei eine Büchse mit Zigarettenkippen vom Tisch.

Der Alte verlor das Gleichgewicht und fiel zu Boden, eine Weile lag er schluchzend und murmelnd da.

Plötzlich tauchte in der Tür die Gestalt eines Jungen auf.

– Oleg! Ich fleh dich an! – der Alte zuckte.

– Kein Oleg, – gab der Junge leise zurück und kam herein.

– Serežka? Spionierst mir nach, Mistkerl... mein Gott...

– Genrich Ivanyč, ich werde alles Rebrov erzählen, – meinte der Junge und lehnte die Tür an.

– Mistkerl, alter Mistkerl... – der Alte wälzte sich herum und kam hoch, – Mistkerle, Arschlöcher... Mein Gott, was für Schweine...

Der Junge ging zum Fenster, blieb stehen und beobachtete den Alten. Der fand seinen Stock, sammelte die Geldscheine ein und stopfte sie, auf den Knien hockend, in seine Manteltasche:

– Alle sind gegen mich. Alle und alles. Bin doch kein Clown, mein Gott...
– Sie haben einen Vertrag unterschrieben, – bemerkte der Junge, – und jetzt machen Sie wieder...
– Sereža... Sereža! – der Alte kroch zu ihm hin, schlang die Arme um seine Beine, schmiegte das Gesicht an die Jacke, – herzlose... Menschen...

Plötzlich stieß er sich ab und rief fast schreiend:
– Überhaupt, du Mistkerl hast mich nicht zurechtzuweisen!
– Werd ich auch nicht. Rebrov wird das tun.
– Spucken, am liebsten würde ich drauf spucken! – der Alte bebte, – scheißen und pissen auf euch! Scheißen und pissen! Schweine! Ich bin für mich selbst verantwortlich! Selbst!
– Wir alle – für uns selbst... – der Junge sah aus dem Fenster.
– Und noch was, Sereža, – meinte der Alte streng, – du sollst nicht mit mir zanken!
– Ich zank doch gar nicht, – der Junge hauchte die Scheibe an und wischte die beschlagene Stelle mit dem Finger ab.

Der Alte fing an zu grunzen.

– Fest, fest… – wisperte Sereža, – Fest… ja… fest…

Der Alte grunzte. Der Junge zuckte zweimal und hörte mit den Bewegungen auf.

Der Alte ließ ihn los, sackte nach hinten, er schnaufte heftig, schluchzte.

– Ach… ach… Süßer… ach… – brabbelte der Alte.

Der Junge bückte sich, zog die Hosen hoch.

– O… göttliche Tautropfen… mein Kleiner… – Der Alte küßte das Glied, wischte sich die Lippen und erhob sich schwerfällig.

Sereža knöpfte sich die Hose zu, schob seine Jacke gerade, zog eine Uhr an einem Kettchen aus der Tasche:

– Drei vor sieben.

– Leck mich am Arsch… gleich, gleich… puh… – Der Alte lehnte sich gegen die Kisten, nahm die Hand an die Brust, – Laß mich verschnaufen… oho…

– Und das Sprühgas? Nicht vergessen? – fragte Sereža.

– Hab alles… alles klar… oj. Wenn ich so schnell aufstehe, dann gehts gleich in den Kopf… puh… gehen wir… – der Alte stieß sich von den Kisten ab, trat aus der Tür und kletterte vorsichtig die Stufen hinunter.

– Und das Brot, Genrich Ivanyč? – beim Hinausgehen hatte Sereža das Einkaufsnetz mit dem Laib Brot bemerkt.

– Scheiß drauf, – brummte der Alte.

Der Alte klingelte an der Tür: dreimal kurz, einmal lang. Die Tür wurde sofort aufgemacht, schnell gingen er und Sereža hinein.

– Genrich Ivanyč, wie soll ich das verstehen? – fragte Rebrov, während er die Kette vor die Tür hängte, – Sereža?

– Wie schon, wie schon, – brummte der Alte und knöpfte

seinen Mantel auf, – Schließlich bin ich keine fünfunddreißig, sondern sechsundsechzig...
– Es geht noch Berufsverkehr, Viktor Valentinyč, – Sereža nahm die Mütze ab und ließ sie auf die Garberobe segeln.
– Zwanzig Minuten! Wo gehört sich denn das? – Rebrov half dem Alten aus dem Mantel.
– Nicht so schlimm, nicht so schlimm, – brummte der Alte, er streifte seine Galoschen mit der Stockspitze ab.

Sie gingen durch den Flur in das große leere Zimmer. Die Pestrecova saß auf dem Fensterbrett und rauchte.
– Lieber Staube! Seręženka! – sie hüpfte herunter, kam zu den beiden gelaufen und gab ihnen einen Kuß.
– Herzlich willkommen, Olga Vladimirovna, herzlich willkommen, – der Alte lachte.
– Olja! – der Junge lächelte.
– Ihr bösen Buben! – sie lachte.
– Traurig ist das, Freunde, nicht lustig, – Rebrov beugte sich über einen aufgeklappten Koffer, – Wenn alles nur mit Kosten verbunden ist, dann pfeife ich drauf. In Kiev wartet ein lieber Mensch auf mich.
– Vitja, übertreib nicht, – die Pestrecova warf die Papirossa zu Boden und trat sie mit dem Schuh aus, – Es ist noch ein Haufen Zeit.
– Ja und wozu... wozu eigentlich diese Eile? Ist der Zug gleich abgefahren, oder was? – Staube tat einen Blick in den Koffer, – Oj-oj-oj... Viktor Valentinyč, Sie waren wirklich nicht müßig.

Der Koffer war voll verschiedenster Instrumente, Metallgegenstände, Stangen und Platten.
– Ich nicht, – Rebrov suchte ein breites Stemmeisen mit Plexigriff und einen Hammer heraus und legte sie auf den Boden, – und Sie, haben Sie das Sprühgas?
– Hab ich, – Staube langte in die Tasche.
– Behalten Sie es bei sich, – Rebrov klappte den Koffer

zu und richtete sich auf, – So. Ich bitte um Aufmerksamkeit.

Er ging ans Fenster, zog die schmutzigen Vorhänge noch weiter zu, wandte sich um; sich die Hände reibend begann er:

– Also. Was heute passiert, ist nicht ANGELEGENHEIT NR. 1, zu eurer Information, sondern VORANGELEGENHEIT NR. 1. Dementsprechend, die Neigungsreihe, das Kapitalistische und Jarosvet abgebrochen. Fangen wir an.

Alle begannen sich auszuziehen, legten die Kleider auf den Boden.

Die Pestrecova half dem Alten die Prothese vom Stumpf abzunehmen.

Nackt lief Rebrov zu dem großen Kubus, der in der Ecke des Zimmers stand. Der Kubus war aus dicken Sperrholzbrettern zusammengenagelt, an einer Seite waren vier Lederschlaufen befestigt. Rebrov ging in die Hocke, schob die Arme durch die Schlaufen und stand mit dem Kubus auf dem Rücken auf.

Olga und Sereža führten Staube zum Kubus.

– Den Deckel, – kommandierte Rebrov.

Olga nahm das Deckbrett des Kubus ab und legte es auf den Boden. Dann halfen sie und Sereža dem nackten Staube in den Kubus.

– Bin drin... – brummte Staube aus dem Kubus.

Olga legte den Deckel wieder drauf, sperrte Staube ein. Sereža gab ihr den Hammer und vier Nägel. Sie setzte die Nägel in die vier Löcher an den Ecken des Deckels und nagelte ihn auf den Kubus.

– Gehts? – kam es dumpf aus dem Kubus.

– Ich hab ihn, ich hab ihn, – erwiderte Rebrov und machte die Beine breiter.

Olga legte sich zwischen die Beine, Gesicht nach unten. Sereža legte sich rücklings auf Olgas Rücken.

– Fertig! – sagte Rebrov laut.

Staube räusperte sich und begann:

– 54, 18, 76, 92, 31, 72, 72, 82, 35, 41, 87, 55, 81, 44, 49, 38, 55, 55, 31, 84, 46, 54, 21, 13, 78, 19, 63, 20, 76, 42, 71, 39, 86, 24, 91, 23, 17, 11, 73, 82, 18, 68, 93, 44, 72, 13, 22, 58, 72, 91, 83, 24, 66, 71, 62, 82, 12, 74, 48, 55, 81, 24, 83, 77, 62, 72, 29, 33, 71, 99, 26, 83, 32, 94, 57, 44, 64, 21, 78, 42, 98, 53, 55, 72, 21, 15, 76, 18, 18, 44, 69, 72, 98, 20.

Dann fing Olga an:

– Ste, ipu, aro, ste, kaje, poi, ste, goje, uva, ste, ogo, ano, ste, zaje, cheu, ste, aka, loje, ste, ese, iti, ste, avu, ubo, ste, ene, olo, ste, odo, ave, ste, ise, asa, ste, uko, lao, ste, schuja, sai, ste, naje, jako, ste, dia, saje, ste, ira, sio, ste, java, juko, ste, zao, mio, ste, chuo, dya, ste.

Nach Olga kam Sereža:

– Blau, blau, gelb, orange, blau, rot, grün, grün, gelb, violett, türkis, rot, grün, violett, gelb, türkis, blau, grün, orange, orange, rot, violett, gelb, gelb, blau, türkis, rot, grün, blau, violett, türkis, orange, orange.

Danach begann Rebrov zu singen:

– So, do, fa, fa, so, mi, re, la, fa, fa, si, so, do, do, si, so, fa, re, la, la, mi, si, do, re, re, fa, so, si, la, do, la, fa, so, mi, fa, la, la, do, re, mi, si, fa, la, so, re, mi, la, do, mi, la, la, so, do, fa, la, si, re, do, si, si, re, fa, mi, si, do, so, so, do, fa, la, si, mi, mi, la, re, do, mi, si, si, do, fa, la, so, mi, si, re.

Sereža stand auf. Olga stand auch auf. Sie halfen Rebrov den Kubus auf dem Boden abzusetzen. Rebrov zog die Arme aus den Schlaufen, nahm das Stemmeisen und stemmte den angenagelten Deckel auf.

– Hopp! – Staube kletterte aus dem Kubus, auf einem Bein hüpfte er zu seiner Prothese.

Olga half ihm die Prothese anzulegen und hob seine grünen langen Unterhosen vom Boden auf.

– Das mach ich schon selber, Olga Vladimirovna. Danke, –

er nahm ihr die Unterhosen ab, lehnte sich gegen die Wand und zog sie geschickt an.

– Alles prima, – Rebrov zog die Nägel aus dem Holz, setzte den Deckel wieder auf, – alles bestens, bloß, Sereža, deutlichere Aussprache, nicht die Endungen verschlucken.

– Mhm, – Sereža saß auf dem Boden und zog seine Socken an.

– Und richtig hart, – meinte Staube, – hart und klar. Zack! Zack! Zack!

Als alle angezogen waren, sah Rebrov auf die Uhr:

– So. Abmarsch.

Sie gingen in den Flur, zogen Mäntel und Jacken an.

– Genrich Ivanyč, das Sprühgas, – meinte Rebrov.

Staube holte drei Spraydosen aus der Tasche.

– Die eine behalten Sie, die zwei sind für Olga und mich, – Rebrov nahm eine Spraydose, Olga die andere.

– Und die Lappen? – fragte Sereža, während er seine Mütze aufsetzte.

– Richtig! Die Lappen! – erinnerte sich Rebrov, – im Bad.

Er lief ins Bad und kam mit vier feuchten Wollappen zurück:

– Hier. Jeder einen. Und bitte aufpassen. In die linke Hand, das heißt jetzt – in die linke Tasche. Dann... die Verstärkung?

Olga klopfte auf die Innentasche ihrer Jacke:

– Hier.

Staube langte in die Manteltasche:

– Ja, ja.

– Sehr gut, – Rebrov setzte seine lederne Schirmmütze auf. – Der Schlüssel?

Sereža reichte ihm den Schlüsselbund.

– Alles? – Rebrov schaute Olga in die Augen.

Sie nickte.

– Dann Abmarsch, – er öffnete die Tür.

– Mit Gott, – flüsterte Staube, ging hinaus und die Treppe hinunter. Die anderen folgten ihm.

Im Hof liefen Rebrov und Olga zu einem grauen Žiguli, der Alte mit dem Jungen durch den Torbogen hinaus auf die Straße. Rebrov ließ den Motor an, wendete und fuhr los. Staube und Sereža stiegen erst bei dem demolierten Zeitungskiosk zu.

– Sereža, wie lange bist du schon bei der Ermittlung? – fragte Rebrov, er bog ab auf den Sadovoe-Ring.

– Drei Monate und sechs Tage, – erwiderte der Junge.

– Drei Monate! – Staube schüttelte den Kopf, – wie schnell die Zeit vergeht…

– Das heißt, in der Nähe deines Hauses kennt dich jedes Schwein, – meinte Rebrov.

– Bestimmt, – Sereža nickte. – Die alten Schachteln auf dem Bänkchen auf jeden Fall.

– Dort steht eine Bank am Eingang?

– Macht nichts, ich lotse ihn vorbei, – Olga zündete sich mit einem Streichholz eine Zigarette an.

– Vielleicht besser – nachts? – schlug Staube vor.

– Wahnsinn. Das ganze Haus schläft, man hört alles…

– Ich lotse ihn schon vorbei, niemand wird ihn erkennen!

– Na gut.

Sie passierten den Zubovskij-Platz und bogen vor der Krymbrücke ab auf den Frunzequai.

– Dann also folgendermaßen, – begann Rebrov, – zuerst gehe ich, dann Genrich Ivanyč. Und dann erst Sie mit Sereža.

– Zu Befehl, – seufzte Staube.

– Sereža, jetzt sag mir…

– Gleich kommts, da ist der »Gastronom«, und das nächste ist unseres. Meins.

– Aha. Dann halten wir hier an.

Rebrov scherte zur Seite aus und parkte den Wagen am Straßenrand, hinter einem beigefarbenen Volga.

– Noch einmal, – er wandte sich um, – denken Sie an die Lappen. Und gegebenenfalls die Verstärkung. Ich zähle auf Sie, Olga Vladimirovna.

– Keine Sorge, – Olga lächelte.

– Der dritte Eingang. Dort nach rechts, – erklärte ihm Sereža.

Rebrov stieg aus dem Wagen und ging in den Hof des Hauses. Vor dem dritten Eingang saßen auf einem Bänkchen zwei alte Frauen. Er schlug den Mantelkragen hoch und lief schnell in den Eingang. Er nahm die Treppe bis in den zweiten Stock und blieb neben dem Müllschlucker stehen.

Nach etwa vier Minuten kam Staube mit dem Lift. Kurz nach ihm erschienen Olga und Sereža.

– So, – Rebrov deutete mit dem Kopf, sie traten an eine mit solider Schalldämmung verkleidete Tür. Er holte den Schlüssel heraus, steckte ihn jedoch wieder ein:

– Nein. Klingle selbst.

– Version zwei? – fragte Sereža.

– Ja. Olja.

Olga knöpfte ihre Jacke auf. Sereža klingelte.

– Wer ist da? – fragte eine Frauenstimme hinter der Tür.

– Mama, ich bins, – gab Sereža zurück.

Es wurde aufgemacht, und sofort fiel Sereža der in der Tür stehenden kleinen blonden Frau um den Hals:

– Mamočka! Mama!

– Sergej! Sergej! Sergej! – rief die Frau und drückte Sereža an sich, – Kolja! Kolja! Sergej!

Ein schmächtiger Mann kam gelaufen, er nahm Sereža am Kopf, drückte ihn an sich.

– Sergej! Sergej! Sergej! – stieß die Frau aus.

– Mamočka, Papa, wartet... ich bin nicht allein...

– Sergej! Sergej! Ich glaub es nicht! Ich glaub es nicht! – die Frau zitterte.

Der Mann weinte leise.

– Mamočka... ich bin wieder da, ich lebe, warte, Mamočka.

– Lidija Petrovna, regen Sie sich nicht auf, es ist alles vorbei, – meinte Rebrov lächelnd.

– Ja. Gott sei Dank, – Staube lächelte.

– Ich glaub es nicht! Sergej! – die Frau zitterte, sie hielt Sereža an sich gedrückt.

– Mama... warte, das... das sind Viktor Valentinovič und Olga Vladimirovna von der Kriminalermittlung... Mama...

Der Mann kam als erster zu sich:

– Kommen Sie, kommen Sie herein... bitte... – er wischte sich mit den Händen übers Gesicht, dann zog er die Frau am Arm, – Lida, beruhige dich, es ist alles, alles gut.

– Mama... ach, Mamocka, warte...

– Ja, ja, kommen Sie herein... Sereža, oj, Sergej, – Sereža fest umarmt haltend, machte sie Platz.

Rebrov, Olga und Staube traten ein. Der Mann schloß die Tür hinter ihnen.

– Erst gestern hab ich Ihren... na, diesen Fedčenko angerufen, – brachte der Mann mit Mühe heraus. – Und er sagte... es... wir suchen noch, wir suchen.

– Gestern ist nicht heute, – Rebrov lächelte.

– Oj, mir zerspringt das Herz! – die Frau faßte sich an die Schläfen und schüttelte den Kopf, – Sergej, Sergej... was hast du nur mit uns gemacht.

– Nun ja, nicht er allein ist schuld, – meinte Rebrov.

– Alle sind schuld, wie sich herausgestellt hat, – fügte Olga leise hinzu.

– Oj... aber gehen Sie doch hinein, nicht hier, – ohne Sereža loszulassen, ging die Frau ins Zimmer voraus.

– Nur auf einen Sprung, – sagte Rebrov, und alle gingen ins Zimmer.

– Wo warst du bloß, wo hast du bloß gesteckt, – die Frau schüttelte den Kopf.
– Ja. Da hast du was angestellt... – der Mann ließ sich aufs Sofa fallen, doch sich besinnend, fuhr er wieder hoch, – Genossen, setzen Sie sich doch, wozu...
– Danke, soviel Zeit haben wir nicht, – Rebrov schob die Hand in die Manteltasche, – Sereža, sag es jetzt. Das mit unserer Überraschung.
– Ja, Mama, wir haben eine Überraschung, – Sereža machte sich aus der Umarmung los. – Komm, Mama, und du, Papa, setzt euch aufs Sofa und hört zu. Nur eins: nicht unterbrechen.
– Nicht zu unterbrechen wird schwierig, – Olga lächelte.
– Wir werden uns Mühe geben, – mit einem Seufzer nahm die Frau auf dem Sofa Platz. Der Mann setzte sich daneben.
– Jetzt die Lappen, – sprach Rebrov ruhig.

Alle vier zogen die feuchten Lappen heraus und legten sie sich, Mund und Nase verschließend, aufs Gesicht. Dann streckte Rebrov ruckartig die rechte Hand mit der Spraydose vor und sprühte der Frau und dem Mann das Gas ins Gesicht.

Hilflos aufschreiend langten sie sich ins Gesicht, rutschten vom Sofa auf den Boden.
– Zurück, noch weiter! – kommandierte Rebrov und sprang von den beiden weg, alle wichen zurück ans Fenster.

Die Körper des Mannes und der Frau wurden von einem Krampf geschüttelt, dann erstarrten sie in verrenkten Stellungen.

Ohne den Lappen vom Gesicht zu nehmen, steckte Rebrov die Spraydose weg:
– Olja. Aber keine Hast.

Den Lappen mit der linken Hand aufs Gesicht gepreßt, zog Olga aus der Innentasche ihrer Jacke die Sportpistole mit dem komplizierten Griff und dem Schalldämpfer vorn am Lauf. Sie trat zu den beiden auf dem Boden.

– Nicht aus nächster Nähe, – riet Staube.

Olga legte profihaft an und schoß beiden in den Kopf.

– Nochmal, – kommandierte Rebrov.

Erneut gab es zwei dumpf schnalzende Geräusche, die Köpfe der beiden zuckten, die rauchenden Hülsen kullerten über den Boden.

– Eine halbe Minute noch, – Rebrov wartete, dann steckte er den Lappen ein, – wir können.

Alle steckten die Lappen weg. Olga ließ die Pistole verschwinden, Sereža sammelte die vier Hülsen ein.

Rebrov schlug die linke Mantelhälfte auf und holte aus verschiedenen Täschchen eine große Chirurgenschere, ein zugestöpseltes Reagenzglas, einen Flakon mit einer durchsichtigen Flüssigkeit.

– Zuerst die Mutter, – Rebrov reichte Staube Reagenzglas und Flakon. Olga und Sereža drehten die Leiche der Frau auf den Rücken. Ihr Gesicht war blutüberströmt, ein Augapfel war aus der Höhle gerissen.

– Genrich Ivanyč, – murmelte Rebrov, mit der Schere über das Gesicht der Leiche gebeugt.

Staube zog den Stöpsel aus dem Reagenzglas, hielt es ihm hin. Schnell hatte Rebrov die Lippen abgetrennt und ließ sie ins Reagenzglas fallen. Staube übergoß die Lippen mit der durchsichtigen Flüssigkeit aus dem Flakon und stöpselte das Reagenzglas wieder zu.

– So, – Rebrov wischte sich die blutbeschmierten Hände an der Strickjacke der Leiche ab. – Jetzt der Vater.

Olga und Sereža drehten die Leiche des Mannes um, knöpften die Hose auf und zogen sie ihm herunter, danach die Unterhosen.

– Sereža, – Rebrov zog die Vorhaut des Gliedes zurück, schnitt die Eichel ab und schob sie dem sich herabbeugenden Sereža schnell in den Mund. Sereža begann die Eichel zu lutschen, wobei er sie im Mund vorsichtig hin und her schob. Olga wischte ihm mit einem Taschentuch die Lippen ab.

– Ist die Schatulle im Schlafzimmer? – Rebrov nahm von Olga das Tuch und wischte damit die Schere ab.

Sereža nickte und deutete mit der Hand. Olga ging hinaus. Rebrov verstaute den Flakon, die Schere und das Reagenzglas mit den Lippen in seinem Mantel. Olga kam mit einer kleinen arabischen Schatulle zurück. Rebrov zog einen schwarzen Nylonbeutel aus dem Mantel, Olga schob die Schatulle hinein.

– So, – Rebrov blickte sich um, – fertig?

– Nur noch schnell einen Schluck Wasser, – Staube hinkte in die Küche.

– Willst du nichts mitnehmen? – fragte Rebrov Sereža.

Sereža lutschte konzentriert die Eichel.

– Sereža? – Olga tippte dem Jungen auf die Schulter.

Er sah zu ihr hoch, schüttelte verneinend den Kopf. Doch dann lief er plötzlich aus dem Zimmer und kam mit einem Stoffkrokodil wieder. Das Krokodil war alt, an einigen Stellen zerschlissen.

– Aaa. So, so, – Rebrov nickte, warf einen Blick auf die Leichen. – Gut, Abmarsch.

Sie gingen aus dem Zimmer in den Flur.

– Genrich Ivanyč, wo bleiben Sie? – Rebrov ging zur Tür.

– Komme, komme, – Staube kam aus der Küche.

– Also, zuerst Sie und ich, dann die beiden.

– Jawoll.

Rebrov machte die Tür auf und trat hinaus. Nach ihm Staube. Olga schloß die Tür hinter ihnen, lehnte sich mit dem Rücken dagegen. Sereža betrachtete sein Krokodil, lutschte dabei die Eichel.

– Hast es vermißt? – fragte Olga.

Er nickte.

– Hast du es schon lang?

Sereža hob drei Finger.

– Drei Jahre? Und dann so zerrissen?

– Von Gro...ßmutter, – brachte er mit Mühe heraus.

Olga legte das Ohr an die Tür, lauschte. Sereža drückte sich auch an die Tür.

– Los. Gehen wir, – Olga machte auf.

Sie traten hinaus, vorsichtig zog Olga die Tür zu, nahm Sereža an der Hand und ging mit ihm die Treppe hinunter.

– Unten wieder dasselbe, – raunte sie.

Kurz bevor sie aus dem Hauseingang traten, klammerte sich Sereža mit den Armen an Olga und begann zu plärren.

– Vitja, hör auf! – meinte sie laut.

Sereža drückte das Gesicht in ihre Jacke und plärrte noch mehr.

– Vitja, Vitja! – sie stieß ein Lachen aus, – du bist doch kein Baby mehr, hör auf.

Sie traten hinaus und passierten die auf dem Bänkchen sitzenden alten Frauen. Es schneite in dicken Flocken.

Immer noch in Umklammerung überquerten sie den Hof und bogen dann ab zum Wagen. Als Rebrov sie kommen sah, ließ er den Motor an und begann schon zu wenden.

– Na, kriegst du noch Luft? – Olga machte die hintere Tür des Žiguli auf.

– Hum-hum, – erwiderte Sereža, während er mit seinem Krokodil in den Wagen kletterte.

Olga blickte sich ohne Hast um und stieg nach ihm ein.

– Alles gut gegangen? – Rebrov schaltete einen Gang höher.

– Ja, – erleichtert warf Olga ihren Kopf ins Sitzpolster.

– Licht ausgemacht?

– Nein.

– Schon zu spät, – Rebrov bog auf den Quai ab.

– Du hast nichts davon gesagt, – Olga zog das Zigarettenetui hervor, ließ es aufschnappen.
– Olga Vladimirovna, – brummte Staube, – Sie sind schließlich kein kleines Kind mehr.
– Stimmt, – Olga blies das Mundstück durch, bevor sie die Papirossa anzündete.
– Lassen Sie mich mal ziehen, – Rebrov hielt die Hand ausgestreckt, Olga legte ihm die Papirossa hinein.

Rebrov nahm einen Zug und blies den Rauch heftig hinaus:
– Sowas Blödes. Aber... na ja. Was will man machen.
– Ich kann nochmal zurück, – grinste Olga.
– Denkste! – murrte Staube, – Nochmal zurück. Vorbei ist vorbei, Olga Vladimirovna.
– Wann wollte dein Onkel kommen, Sereža? – fragte Rebrov.

Der Junge spuckte die Eichel in die Hand:
– Zu Silvester.

Rebrov nickte. Sie fuhren auf den Sadovoe-Ring.

Olga holte die Pistole heraus, entnahm das Magazin, lud die vier fehlenden Patronen nach. Sereža betrachtete die Eichel.
– Komm, du sollst richtig lutschen, – Olga spannte die Waffe.

Der Junge steckte die Eichel wieder in den Mund, begann das Krokodil in den Händen zu drehen.
– Ich war heute auf dem Čeremuški-Markt, – meinte Rebrov.
– Teuer? – fragte Staube.
– Fleisch zwischen fünfzehn und fünfundzwanzig. Eingelegte Gurken – sieben. Birnen – zehn.
– Ja, – Staube schüttelte den Kopf, – Wucher.
– Hast du die Rosen gekauft? – Olga steckte die Pistole weg.
– Ja.

– Olga Vladimirovna, wie war die Reise nach Petersburg? – fragte Staube.
– Grauenhaft.
– Wirklich? Ist was passiert?
– Ach, das ist eine traurige Geschichte, – Rebrov blinzelte, er hatte Rauch in die Augen bekommen. – Eine Geschichte von menschlicher Herzlosigkeit, Gleichgültigkeit, Armseligkeit.
– Ich bin morgens angekommen, habe Boris aufgesucht, die Narbitzen abgeholt. Dann bin ich zu Ilja Anatolič gefahren, hab den Pich und den Vierer abgegeben. Er wohnt außerhalb, gerade daß ich es noch geschafft habe. War todmüde. Na, und dann wie immer zu meiner Oma. Dachte, jetzt werd ich erstmal in die Wanne steigen, mir einen kleinen Kognak genehmigen...
– O ja, das lieben Sie! – Staube lachte.
– Ich komme hin, klingle. Niemand da. Hab ewig geklingelt. Dann bin ich zu den Nachbarn. Leben seit rund fünfzehn Jahren nebendran, kennen Oma nur vom Sehen. Sagen, sie hätten sie schon länger nicht gesehen. Ich rufe ihre einzige Freundin an, Marija Markovna. Die versucht schon einen Monat vergeblich, sie per Telefon zu erreichen. Sagt, ich ruf dauernd an, keiner geht hin. Die ist auch schon zweiundachtzig, geht aber gar nicht aus dem Haus. Oma hat alles selbst gemacht und ist einkaufen gegangen. Tja. Da bin ich zur Hausverwaltung. Die riefen einen vom Revier und einen Schlosser und nahmen Zeugen mit. Brachen die Tür auf. Na ja, am Geruch war es gleich klar. Wir gehen rein. Und...
– Nicht nötig, Olga Vladimirovna, bitte nicht, – Staube hielt sich die Ohren zu.
– Und da... zum ersten Mal im Leben sah ich einen verwurmten Menschen. Verwurmt. Da war nur Haut und innen Würmer. Die bewegten sich, daß es aussah, als wollte

sich der ganze Körper fortbewegen. Es kamen welche von der Leichenhalle und baten um ein Wachstuch, um Oma hochzuheben. Und als sie sie hochhoben…

– Olga Vladimirovna! Olga Vladimirovna! Ich bitte Sie! Ich bitte Sie inständig! – rief Staube, sich die Ohren zuhaltend, – Wenn ich Sie bitte, wenn ich Sie sehr bitte! Warum tun Sie das! Bitte!

– Verzeihen Sie, Staube, mein Guter. Ich bin einfach müde, – Olga warf sich in den Sitz zurück, – ich bin direkt vom Leichenschmaus hierher.

– Schrecklich, schrecklich, – Staube schüttelte den Kopf, – und keiner kommt oder ruft an. Wie die Menschen doch geworden sind, mein Gott!

– Ja, – seufzte Rebrov, – Und da wundern wir uns noch über die Herzlosigkeit unserer Jugend. Dabei sind wir selbst daran schuld.

– Nein, nein, ich erinnere mich noch an die Zeit im Krieg und die Jahre danach! – Staube nahm seine Mütze ab, strich sich über das schüttere graue Haar, – Wie schwer war es, wie mies ist es uns gegangen! Aber ich weiß keinen, der gleichgültig gewesen wäre! Alles kam vor: Gemeinheit, Geiz, Roheit, nur keine Gleichgültigkeit! Nur keine Gleichgültigkeit!

Sereža spuckte die Eichel in die Hand:

– Und bin ich nicht gleichgültig?

– Mit dir ist alles in Ordnung, – Rebrov lächelte.

– Du bist unser Timur! – Olga lachte. – Ohne Horden allerdings. Was ist, genug gelutscht? Dann laß mich…

Sie beugte sich herab und nahm die Eichel mit den Lippen von Serežas Hand, sie wiegte ihren Kopf.

– Gut? – fragte Sereža.

Olga nickte.

Sie bogen auf den Prospekt Mira. Der Schnee fiel in dikken Flocken. Sie fuhren die Jaroslaver Chaussee weiter, dann bogen sie rechts ab. Die Straße führte durch verschneiten Wald und stieß nach etwa drei Kilometern auf den drei Meter hohen grünen Zaun mit dem Tor.

Rebrov hupte.

– Uff... endlich da, – ächzte Staube und setzte die Mütze auf.

– Viktor Valentinyč, warum liegt hier immer mehr Schnee als in Moskau? – fragte Sereža.

– Norden. Kälter.

Neben dem Tor ging ein Türchen auf, ein Milizionär mit übergeworfenem Fellmantel kam heraus.

Rebrov kurbelte das Wagenfenster herunter:

– Guten Abend! Noch nicht im Schnee erstickt?

– Ich grüße, – der Milizionär kam heran, tat einen Blick, drehte sich um und verschwand in der Tür.

Langsam ging das Tor auf. Der Wagen fuhr ein.

– Hätten Sie zufällig eine Zigarette? – der Milizionär stand neben dem kleinen Wachhäuschen.

– Haben wir, – Rebrov hielt an, – Ninočka, wo sind unsere Papirossy?

Olga gab ihm das Zigarettenetui, Rebrov ließ es aufschnappen, hielt es dem Milizionär hin.

– Danke. Kommt Igor Ivanyč nicht?

– Nein. Vor Neujahr wohl kaum.

Der Milizionär riß ein Zündholz an. Sie fuhren weiter über die verschneite gerade Landstraße. Im dichten Nadelwald waren ab und zu die Umrisse der Datschen zu sehen. Sie bogen nach rechts und stießen auf den nächsten Zaun mit Tor. Rebrov stieg aus, sperrte auf und schob das Tor zur Seite:

– Sereža, mach zu.

Sie waren hineingefahren. Sereža stieg aus, machte es zu und schlüpfte zurück in den Wagen. Nach etwa hundert Metern tauchte zwischen den Fichten das große eingeschossige Haus auf. Der Wagen fuhr bis hin und hielt an. Sie stiegen aus.

– Oj, – Staube humpelte mit verzerrtem Gesicht zum Haus, – Der Weg muß geschippt werden, Viktor Valentinyč...

Rebrov nahm zwei Taschen aus dem Kofferraum:

– Morgen, alles morgen.

Sereža machte einen Schneeball, warf ihn Olga in den Rücken. Ohne sich umzudrehen, drohte ihm Olga mit der Faust.

Sie gingen ins Haus. Staube machte Licht. In der geräumigen Diele legten sie ab, hängten Jacken und Mäntel an das riesige Elchgeweih. Rebrov reichte Olga die braune Tasche:

– Gleich in die Küche damit. Und kochen.

– Ja, Olga Vladimirovna, kochen, kochen, ich flehe Sie an, kochen, – Staube streifte vorsichtig die Galoschen ab. – Um zwölf hab ich zu Mittag gegessen, in schrecklicher Hektik. Ich habe einen Mordshunger.

– Ich hab überhaupt nicht zu Mittag gegessen, – geschickt warf Sereža die Mütze aufs Geweih, – Viktor Valentinyč, darf ich Voroncov anschauen?

– Warte, wir werden alle gehen.

– Ach, darf ich!

– Nein, nein. Ich brauche dich jetzt. Gehen wir ins Arbeitszimmer. – Mit der schwarzen Tasche in der Hand stieg Rebrov die breite, mit Teppich ausgelegte Treppe in den oberen Stock hoch.

– Manno... – der Junge schlug das Krokodil gegen sein Bein und folgte unwillig.

Olga in der Küche klapperte mit Geschirr. Staube verschwand auf dem Klo.

Rebrov betrat das Arbeitszimmer, knipste die Schreibtischlampe an, nahm die Schatulle aus der Tasche, legte sie auf den Tisch. Er holte das Reagenzglas mit den Lippen heraus, hielt es gegen das Licht:

– So.

Sereža musterte die unzähligen Buchrücken:

– Was ist Thermodynamik, Viktor Valentinyč?

– Thermodynamik? – Rebrov stellte das Reagenzglas in den Ständer mit den anderen Reagenzgläsern. – Ehrlich gesagt, ich weiß es nicht genau... komm bitte her.

Rebrov öffnete die Schatulle. Sereža kam hinzu. In der Schatulle lag ein Ausweis, Geld, ein Päckchen Briefe, Schmuckstücke in Schächtelchen, ein perlmuttverziertes Opernglas.

– Aniščenko, Nikolaj Nikolaevič, – Rebrov hatte den Paß aufgeschlagen, – sag nochmal, was mit dem Schnurrbart war.

– Er hatte einen, als wir aus Mochova wegzogen, danach zweimal einen Vollbart, keinen Schnurrbart. Und das letzte Mal, das heißt das letzte Jahr, hatte er wieder einen Schnurrbart.

– So, – Rebrov schlug ein Heft auf, machte darin einen Vermerk, dann nahm er eine Schere und begann das Foto aus dem Paß auszuschneiden, – und nochmal das mit dem Schach.

– Also, – Sereža legte das Krokodil auf die Tischkante und bog ihm den Schwanz weg, – jeden Sonntag, im Park Kultury, im Schachpavillon. Dort waren Sergej Ivanyč, dann Kostja und dann irgend so ein Tolik.

– Mit dem am Gelenk?

– Mhm.

Rebrov steckte das Foto in ein Kuvert.

– Darf ich das Opernglas haben? – fragte Sereža.

Rebrov schüttelte den Kopf:

– Das geht nicht... Genug für heute. Morgen reden wir über den Dicken und die Rippen. Geh Zeichentrickfilme anschauen.

Der Junge hielt sich das Krokodil über den Kopf und ging.

Zum Abendessen hatte Olga Kalbfleisch mit gedämpften Quitten und Bratkartoffeln gemacht. Getrunken wurde eine Flasche Sekt. Rebrov aß und trank schweigend. Staube erzählte etwas über Brieftauben und von seiner Volgafahrt auf dem Dampfer »Maxim Gorkij«. Nach Eis mit Nüssen und Tee begann Rebrov zu rauchen, müde rieb er sich die Stirn:

– Ach ja... danke, Olga Vladimirovna. Wollen wir jetzt zu Voroncov?

– Ja, ja! – Staube schnellte hoch und wischte sich den Mund mit der Serviette ab. – Gehen wir, sonst ist es zu spät, und überhaupt... nicht gut.

– Genrich Ivanyč, – Olga deutete auf die in einem Glas Wasser schwimmende Eichel.

– Ja, ja, – Staube fischte die Eichel heraus und schob sie sich vorsichtig in den Mund.

Sie standen vom Tisch auf.

– Geht schon vor, ich komme gleich, – Olga steckte sich eine Zigarette an und marschierte Richtung Küche.

Rebrov, Staube und Sereža gingen in den dunklen Raum, der neben der Küche lag. An allen vier Wänden des Raums standen Regale, voll mit Konserven, Spirituosen und anderen Vorräten. Auf dem Boden in der Mitte befand sich eine Kellerluke, der Riegel war vorgeschoben. Rebrov schob ihn auf, öffnete die Luke. Aus dem dunklen Loch kam der Gestank von Menschenkot. Das Loch war vergittert. Rebrov nahm eine elektrische Lampe vom Regal, leuchtete in das Loch:

– Andrej Borisovič, guten Abend.

Ein Mann wälzte sich auf dem Grund der tiefen Betongrube. Ihm fehlten die Beine und der rechte Arm, er lag in seinen eigenen Exkrementen, die den Boden des Bunkers zur Gänze bedeckten. Er hatte eine wattierte Jacke an und irgendwelche Lumpen, alles kotverschmiert. In der Ecke stand eine Dynamomaschine mit Hebel und ein daran angeschlossenes Elektroheizgerät.

– Also ich… – meinte Voroncov mit krächzender Stimme und schaute nach oben. Sein bärtiges Gesicht war hager und braun von Kot.

– Wie gehts? – Rebrov leuchtete Voroncov an. – Funktioniert die Maschine? Frieren Sie nicht?

– Na ja… das Ganze… funktioniert, ist intakt, – meinte Voroncov, schwieg kurz und begann dann schnell und verworren zu sprechen. – Ich, ich, Georgij Adamovič, ich reibe dauernd und bin bereit zu drehen, na, dort, wenn das Notwendige da ist, kommt alles und funktioniert schon, ich weiß alles, na, sozusagen, die Möglichkeiten hab ich auch letztes Mal gelernt und bin bereit zur Ausführung, bereit zu, na, verschiedenen, bereit, in Form zu sein und zu wissen, was Ihnen und mir und, was man wissen muß, was man unbedingt wissen muß, ich bin bereit.

– Ausgezeichnet, – Rebrov nickte. – Der Stumpf blutet nicht?

– Ich hab ja… hab das, – Voroncov schüttelte den Kopf, – Ich hab doch hier… hier… alles Nötige.

Hastig zog er die Jacke weg und zeigte den mit Lumpen umwickelten Stumpf.

Rebrov nickte und tauschte einen Blick mit Staube. Staube hielt den Daumen nach oben.

Olga kam herein mit einer großen Schüssel gekochter Kartoffeln, oben drauf eine Scheibe Brot und ein Stück Speck. Olga stellte die Schüssel auf das Gitter, schnippte Zigarettenasche in den Bunker:

– Hallo, Voroncov.

Voroncov bewegte sich, kroch an die gegenüberliegende Wand, wobei er unablässig nach oben schaute:

– Ah… Tatjana Isakovna… ich… einfach…

– Wie, hat er wieder ohne Mohn? – fragte Olga.

Rebrov nickte.

Sereža nahm eine Kartoffel und warf sie hinunter. Voroncov ließ sich auf den Boden fallen, grapschte nach der Kartoffel, holte sie zu sich her und fing zu schmatzen an.

– So, – Rebrov klatschte in die Hände, – nun wollen wir mal, Andrej Borisovič, letztes Mal haben Sie uns enttäuscht. So sehr enttäuscht, daß ich zugegebenermaßen soweit war, es aufzugeben. Und das hätte ich auch, ich versichere Sie, wenn ich im Innersten nicht ein so gutmütiger und weichherziger Mensch wäre. Das zum ersten. Und zum zweiten, wenn nicht Boris Ivanovyč, – er sah zu Staube, – für Sie eingetreten wäre.

Staube nickte.

– So daß heute, Andrej Borisovič, Ihre letzte Chance ist. Nehmen Sie das ernst. Begreifen Sie, daß Ihre Zukunft in Ihren Händen liegt.

– In Ihrem Kopf, – fügte Olga hinzu.

– Ja, ja, – Rebrov nickte, dann fragte er in mehr als gewöhnlicher Lautstärke. – Also, Voroncov, sind Sie bereit?

Voroncov kroch vor bis in die Mitte des Bunkers, setzte sich auf:

– Ich ja. Ich ja.

– Dann bitte, Nr. 1.

Voroncov räusperte sich und begann, die Worte sorgfältig aussprechend:

– Wenn ich dem Meere hold bin und allem, was Meeresart ist, und am holdesten noch, wenn es mir zornig widerspricht: Wenn jene suchende Lust in mir ist, die nach Unentdecktem die Segel treibt, wenn eine Seefahrer-Lust in meiner Lust ist: Wenn je mein Frohlocken rief: »Die Küste schwand – nun fiel mir die letzte Kette ab – das Grenzenlose braust um mich, weit hinaus glänzt mir Raum und Zeit, wohlan! wohlauf! altes Herz!« – O wie sollte ich nicht nach der Ewigkeit brünstig sein und nach dem hochzeitlichen Ring der Ringe – dem Ring der Wiederkunft? Nie noch fand ich das Weib, von dem ich Kinder mochte, es sei denn dieses Weib, das ich liebe: denn ich liebe dich, o Ewigkeit! Denn ich liebe dich, o Ewigkeit.

Er verstummte, den Blick immer nach oben.

– Nr. 2, – kommandierte Rebrov nach kurzer Pause.

– Ich habs, ja, es... hier. Der Akt der Defäkation ist ein kompliziert reflektorischer Akt, an dem teilhaben die Hirnrinde, die Leitbahnen des Rückenmarks, die peripheren Nerven des Mastdarms, die Preßmuskulatur des Bauches und des Dickdarms. Der Reflex zur Defäkation entsteht im Mastdarm bei Reizung durch Kotmasse, folglich ist er nicht nur Trakt zum einmaligen Durchgang der Kotmasse, sondern auch Ort ihrer zeitweiligen Ansammlung. Es werden mehrere Typen von Defäkation unterschieden: einmalige und zwei- oder mehrmalige. Bei Defäkation des ersten Typs vollzieht sich alles in einem Moment, schnell: Nach einigen Anspannungen der Preßmuskeln des Bauches wird aller Inhalt ausgestoßen, der sich in Mastdarm und Sigmoid angesammelt hat...

– Und was ist Sigmoid? – fragte Olga laut.

– Sigmoid... der Sigmoid ist der Teil des Dickdarms, der sich über dem Mastdarm befindet, welcher die Fortsetzung des unteren Teils des Dickdarms darstellt. Bei Defäkation des zweiten Typs, des zweimaligen, wird im ersten Moment nur ein Teil des Inhalts ausgestoßen, der sich im Mastdarm angesammelt hat. Einige Minuten nach Ausstoßen der ersten Portion Kotmasse treibt eine regelrecht peristaltische Welle den Inhalt aus dem Sigmoid in den Mastdarm, infolgedessen es zum wiederholten Drang zur Defäkation kommt.

Rebrov seufzte, er blickte zu Olga. Sie rieb sich müde die Schläfen und gähnte. Staube lutschte mit verärgerter Miene die Eichel. Bei Sereža bewegten sich die Lippen, er entzifferte die Etiketten auf den ausländischen Flaschen.

– Nr. 3, – meinte Rebrov.

– Die Beispiele von künstlich gebrochener Schädelbasis, offensichtlich um ans Gehirn zu gelangen, – sprach Voroncov schnell und erleichtert, – werden als Beweis für Kannibalismus angesehen. Links oben der Schädel aus Steinheim, rechts der Schädel des Neandertalers aus Monte Circeo, unten ein heutiger Papua-Schädel aus Neu-Guinea und ein vorgeschichtlicher Fund aus Mähren. Eine Ansammlung mesolithischer Schädel. Ein Grabfund aus der Höhle Grotte de Cavion, Grimaldi, Italien. Drei schwere Steinwaffen archaischen Typs, gefertigt aus hartem Vulkangestein. Nördliches Australien. Eine unikale kleine Harpune mit drei Reihen exakter...

– Es reicht, genug, jetzt aber genug! Wieviel denn noch! – rief Staube plötzlich aufgebracht, nachdem er die Eichel in die Hand gespuckt hatte.

Voroncov verstummte.

– Viktor Valentinovič! – Staube war entrüstet. – Wenn Sie sich, wenn Sie sich in der Seele verhöhnen lassen wollen, so verschonen Sie wenigstens unsere Seelen!

– Und unsere Ohren, – fügte Olga leise hinzu, und nach einem schweren Seufzer. – Schrecklich. Wie ist das alles schrecklich...

– Was ist... Steni? – Sereža drehte sich zu Rebrov herum.

– Man darf mit Nichtsnutzen keine Nachsicht üben, nein! Ich bin ein alter Mann, Viktor Valentinovič, ich kann viele menschliche Schwächen verstehen und verzeihen, ich bin Christ! Unwissenheit, Flegelei, Grausamkeit vermag ich zu verzeihen, sogar – Niedertracht! Nur nicht die Verhöhnung der menschlichen Seele! Niemals! Und du... – er beugte sich über das Gitter, – du... Nichtsnutz! Wenn du... wenn du darauf pfeifst, höhnisch bist, wenn du... – Staubes Stimme bebte, – wenn du... dann wisse... nein! O Gott...

Er drehte sich um und verließ die Vorratskammer.

Olga drückte ihren Zigarettenstummel an einem Regalbrett aus, warf ihn in den Bunker und ging ebenfalls hinaus.

– Was ist, schon wieder – Steni? – Sereža kam zu Staube.

– Sereža, – Rebrov hob die Kartoffelschüssel vom Gitter, – Bitte bring das in die Küche.

– Gehorsamst zu Befehl, – Sereža nahm die Schüssel und ging.

Rebrov schwieg lange, die Arme vor der Brust verschränkt, den Kopf gesenkt. Dann sagte er:

– Hmja. Also, Andrej Borisovič, machen wir Bilanz. Konsequenzen haben Sie in diesen vier Tagen keine gezogen, das – Punkt 1. Ihr moralisches Anfangsverhalten habe ich überbewertet, das – Punkt 2. Ich habe Ihren plebejischen Pragmatismus unterschätzt. Punkt 3. Sie zur vierten Amputation zu verurteilen ist banal und entbehrt in der jetzigen Situation jeglichen Sinns. Unser Beschluß ist Ihnen vorher bekannt gewesen.

Krachend schlug Rebrov den Bunkerdeckel zu, schob den Riegel vor. Er nahm die Lampe vom Boden, stellte sie ins Regal und ging.

Staube, Olga und Sereža erwarteten ihn im Eßzimmer. Olga war dabei, das schmutzige Geschirr zusammenzustellen, der Alte lutschte mit verärgerter Miene die Eichel, Sereža drehte an seinem Rubycube.

Rebrov trat an den Tisch, zerstreut nahm er einen Apfel aus der Glasschale, biß hinein.

– Genrich Ivanyč und auch ich, wir haben dich gewarnt, – sagte Olga.

Rebrov ging ans Fenster. Draußen war es dunkel, Schnee fiel.

– Olja, hat er es denn mit den Fingern nicht gezeigt, nicht gemacht? – fragte Sereža.

Olga verneinte kopfschüttelnd.

– Er ist schlicht ein Hun-Wei-Bin! – Staube spuckte die Eichel in die Hand. – Ich habe es Ihnen schon vor einem Monat gesagt, Viktor Valentinovič, als, als Sie die erste Probe machten! Moral ist bei diesem Typ sowieso nicht vorhanden! Das ist ein denkendes Tier! Dieser Nichtsnutz hat mit unglaublicher Kaltblütigkeit, mit direkt höllischer Frechheit Ihre Nachsichtigkeit ausgenützt!

– Unsere Nachsichtigkeit, – warf Olga ein.

– Und dann dieser Ton, dieses Tropino! Warum, zum Beispiel, hat er damals vor den Feiertagen geschwiegen und die 3 gezeigt? Und warum ist jetzt alles für die Katz? Warum keine Fallos? Warum haben wir wieder das Nachsehen?

Rebrov sah aus dem Fenster und kaute seinen Apfel.

– Wißt ihr übrigens, – Sereža begutachtete den fertigen Würfel, – Genrich Ivanyč hat sich heute wieder kleine Jungs zum Pimmellecken geangelt.

Rebrov fuhr herum. Olga erstarrte mit einem Teller in der Hand.

Staube hob sich aus dem Sessel, die Faust um die Eichel geballt.

– Genrich Ivanyč! – rief Rebrov, er warf den Apfel weg und stürzte sich auf Staube.

– Nein! Arschloch! – schrie Staube Sereža an und holte mit dem Stock aus, doch Rebrov packte seinen Arm, drehte ihn auf den Rücken. Olga schnappte sich die linke Hand des Alten:

– Die Eichel! Her mit der Eichel!
– Arschloch! Arschloch! Mistkerl! – schrie Staube.

Rebrov drückte ihm die Kehle ab, der Alte röchelte, fiel auf die Knie. Rebrov warf den Stock zur Seite. Olga bog die Finger des Alten auf und schob die Eichel sofort in Serežas bereiten Mund.

– Sereža, Pflaster und Handschellen! – kommandierte Rebrov.

Sereža lief hinaus.

– Sie… Sie verderben nur… ich laß nicht… – röchelte Staube in Rebrovs Griff.

– Sie haben doch unterschrieben! Sie haben unterschrieben! Was soll das! Olga Vladimirovna, die Pritsche… die Pritsche…

Olga schob eine schmale Lederpritsche von der Wand her.

Sereža kam mit Pflaster und Handschellen angerannt.

– Nein… Mist… kerle… seid selber… nicht, – röchelte Staube.

Rebrov und Olga zerrten ihn zur Pritsche, hievten ihn drauf, Gesicht nach unten.

– Sereža, – kommandierte Rebrov.

Sereža klebte dem Alten mit dem Pflaster den Mund zu. Dann, zu dritt auf ihm, bogen sie die Arme des Alten um die Pritsche und ließen die Handschellen einschnappen. Rebrov setzte sich auf Staubes Bein, Sereža hielt die Prothese fest.

– Olga Vladimirovna, bei mir im Arbeitszimmer, im Schreibtisch, im unteren Schubfach. Links. Und auf der großen Herdplatte, die wird schneller heiß.

– Weiß ich, – Olga lief schnell hinaus.

– Wo war es? – fragte Rebrov.

– Drüben… in der Novatorov. Nach Borisov. Ich bin schnell los die Gummis holen, und dann zurück. Und Genrich Ivanyč in die Bäckerei…

Rebrov nickte mißmutig. Staube schnaufte ächzend durch die Nase.
– Genrich Ivanyč, – meinte Rebrov langsam, – Sie haben mir heute großen Kummer bereitet. Großen. So in den Rücken zu fallen… das tut weh, wissen Sie. Das ist gemein.

Er ging etwas hoch und begann dem Alten die Hose aufzuknöpfen. Staube ächzte. Sereža half Rebrov. Sie zogen die schwarze abgewetzte Hose des Alten bis zu den Knien herunter, dann streiften sie die Unterhosen ab. Strickjacke und Hemd krempelte Rebrov auf dem Rücken hoch. Auf der linken Gesäßbacke trug Staube zwei rubelstückgroße Brandmale, in Form eines Kreuzes in einem Kreis. Ein Mal war ganz alt, das andere, nach der dunkelvioletten Färbung zu urteilen, recht neu.
– Unser Bündnis, unsere Freundschaft, Genrich Ivanyč, beruht nicht nur auf gegenseitiger Liebe. Sondern auch auf ganz konkreten gegenseitigen Verpflichtungen. Wenn Sie sich erniedrigen und beleidigen, erniedrigen und beleidigen Sie uns. Sereža, pinkel in eine Tasse.

Der Junge ließ die Prothese los, ging zum Tisch und pinkelte ein wenig in eine Tasse.

Olga kam herein, in den Händen eine kleine Reisetasche und eine dicke Stahlstange mit Holzgriff, an deren Ende ein stählernes Brandzeichen angeschweißt war – ein Kreuz in einem Kreis. Das Brandzeichen war heiß gemacht.

Staube wand sich, stöhnte auf. Rebrov preßte sein Bein fester auf die Pritsche:
– Neben das Borodiliner, hier… Sereža! Die Prothese…

Sereža stellte die Tasse mit Urin auf dem Boden ab, hielt die Prothese fest.

Olga zielte und drückte das Brandzeichen in die Gesäßbacke des Alten. Der erhitzte Stahl zischte, es rauchte ein bißchen, Staube wand sich auf der Pritsche. Olga hob das Brandzeichen ab, nahm die Tasse, kippte den Urin über das glutrote Brandmal. Dann öffnete sie die Reisetasche, holte Watte und ein Fläschchen mit Rosenöl heraus und begann die Brandwunde vorsichtig abzureiben:

– So… Staube, mein Guter… schon alles vorbei…

Der Kopf des Alten zitterte, aus den Augen liefen die Tränen.

– Und die Kopfschlagader, Olga Vladimirovna, gleich die Kopfschlagader, – raunte Rebrov.

Ohne Hast machte Olga das Fläschchen zu, dann nahm sie eine Einwegspritze, riß die Packung auf, steckte die Nadel auf, zog die Schutzkanüle ab.

– Sereža, halte den Kopf fest…

Der Junge drückte Staubes Kopf auf die Pritsche. Olga schnippte gegen eine Ampulle, brach sie oben ab, zog die Spritze mit dem Inhalt auf. Staube ächzte und heulte.

– Gleich, mein Lieber… – geschickt setzte sie die Spritze in die Kopfschlagader, injizierte langsam die klare Flüssigkeit. Staube zuckte am ganzen Körper, stöhnte matt, hustete durch die Nase. Sereža ließ seinen Kopf los, er blieb auf der Seite liegen. Rebrov stieg vom Bein des Alten und löste vorsichtig das Pflaster vom Mund.

– Ganz… ganz wie Petel… – stieß der Alte mit ermattender Stimme hervor, – Sie, Sie sind nicht… schlecht…

Rebrov nahm ihm die Handschellen ab. Olga deckte die Brandwunde mit ölgetränktem Mull ab und klebte ein Pflaster darüber.

Staube schlief. Sie zogen ihn nackt aus, nahmen ihm die Prothese ab und trugen ihn ins Schlafzimmer, wo sie ihn in einen Pyjama steckten und ins Bett verfrachteten.

– Soll er morgen schlafen, solange er kann, – Rebrov deckte Staube mit einer dicken Steppdecke zu.

– Wer sollte ihn denn schon wecken, – Olga strich dem Alten über den Kopf.

Sereža spuckte die Eichel in die Hand:

– Also, ich geh einen Film anschauen.
– Welchen Film, Sereža? – Rebrov sah auf die Uhr, – Schon ein Uhr. Schlafen, aber sofort. Wir haben morgen eine Menge zu erledigen.

Seufzend gab ihm der Junge die Eichel:
– Nacht.
– Gute Nacht.
– Gute Nacht, Serežanka, – Olga gab ihm einen Kuß.

Der Junge ging.
– Bin müde… – Rebrov rieb sich die Schläfen.
– Willst du einen kleinen Kognak? – fragte Olga.

Er nickte abwesend.
– Laß uns ins Kaminzimmer gehen.
– Ins Kaminzimmer? – Rebrov warf einen Blick auf die Eichel, dann auf den schlafenden Staube. – Gehen wir.

Olga machte das Licht aus, Rebrov schob sich die Eichel in den Mund.

Rebrov saß im Sessel und sah ins Kaminfeuer. Olga, die im Schneidersitz auf dem Teppich saß, schenkte ein zweites Mal Kognak in die Gläser.
– Wo munter die Sichel gewandert und Ähre um Ähre fiel, ist kahl nun alles… weit ringsum… – murmelte Rebrov vor sich hin und seufzte müde. – Ja, ja, ja. Falls wir bis Donnerstag Kovšov nicht ausfindig machen, soll mir alles den Buckel runterrutschen. Und ab nach Kiev.
– Und wir? – Olga reichte ihm das Glas.
– Sie? Sie… – er nippte am Kognak. – Keine Ahnung. Sie werden allein fahren, es allein schaffen.
– Was redest du denn da, – Olga lächelte. – Wie sollen wir das allein schaffen?

Verärgert riß er den Kopf herum:

– Olga Vladimirovna! Ich renne schon seit drei Monaten wie gegen eine Wand. Verloren habe ich dabei: Golubovskij, Lidija Moiseevna, die Cvetkovs. Den Block haben wir verloren. Genrich Ivanyč hat das Treibhaus in Brand gesteckt. Sie haben die dritte Ausrüstung liegenlassen. Sereža weiß nichts mehr von Denis und wird sich, nehme ich an, auch nicht mehr erinnern. Das heißt, Krub und Belenzen müssen wir gezwungenermaßen über Leningrad besorgen. Nur über Leningrad. Da haben Sie unser Verlustregister. Und zu was haben wir es bisher gebracht? Zu einer völlig zerstörten, zusammengefallenen Werkstatt! Zu Kontakten, die keinem was nützen! Zu den sinnlosen Berechnungen von Najman! Zu überflüssigen sechs Millionen!
– Aber Kovšov hat doch versprochen…
– Kovšov? Versprochen? Konnten Sie ihm nur ein einziges Mal in die Augen sehen? Nein. Ich auch nicht. In unserer Lage einem Telefongespräch zu glauben, ist ganz klar eine Dummheit. Aber wir sind dazu gezwungen. Nur darum habe ich mich auch auf den Vertrag eingelassen. Nichts, nichts, außer der Palliative. Eine ganze Latte von Abhängigkeiten und erzwungenen Manövern.
– Aber wir haben es doch geschafft mit dem Metall, Vitja. Und Najman hat gesagt, daß es bei den Jungs geklappt hat.
– Bei den Jungs! Aber daraus folgt ganz und gar nicht, daß es auch bei uns klappt. Wenn Sie so überzeugt sind, wieso haben Sie dann damals dagegen gestimmt? Aus Prinzip? Oder vielleicht doch aus Unsicherheit?

Olga nippte schweigend am Glas. Rebrov kippte seinen Rest Kognak in einem hinunter und stellte das Glas auf den Boden:
– Natürlich, Optimismus ist gut. Das ist es, was uns nicht ruhen läßt. Solange wir bei der Arbeit sind, tun wir unser Möglichstes. Aber stützen muß man sich trotzdem auf die

Wahrscheinlichkeitstheorie, auf strikte Berechnung. Und alle rosigen Phantasien sein lassen. Ein für alle Mal.

Er schwieg eine Weile, sah ins Feuer, dann meinte er:

– Olga Vladimirovna. Wie wärs mit einem kleinen Fick?

Olga zog überrascht die Brauen hoch:

– Wie... jetzt gleich?

Er nickte. Olga schielte auf sein steifes Glied, schmunzelte und begann sich auszuziehen. Rebrov stand auf, zog Hose und Unterhosen aus. Als Olga sich ausgezogen hatte, ging sie zu Rebrov hin. Er drehte sie mit dem Rücken zu sich, sie stützte die Ellbogen auf die Lehne des Ledersessels. Rebrov drang von hinten in sie ein und begann sich ungeduldig zu bewegen, wobei er laut stöhnte. Olga drückte die Wange an die Lehne und sah ins Feuer. Rebrov bewegte sich schneller, bäumte sich nach hinten, dann packte er Olga an den Schultern, preßte sich fest an sie dran, verharrte und ächzte in ihr Haar.

– Vitja... – flüsterte sie und lächelte.

– Oj... sogar der Speichel läuft mir raus... – Rebrov wischte sich den Mund mit der Hand ab, ging aus ihr raus und fiel in völliger Erschöpfung aufs Sofa, – oj... Olga Vladimirovna... verzeihen Sie mir... bitte...

– Wofür? – sie langte sich zwischen die Beine, roch an der Hand.

– Verzeihen Sie... verzeihen Sie mir für alles, – murmelte Rebrov.

– Bin gleich wieder da, – sie ging und kam fünf Minuten später in einem weißen fransigen Bademantel zurück, den sie sich im Gehen zuband.

Rebrov schlief auf dem Sofa. Olga holte eine Decke und deckte ihn zu, dann nahm sie ihre Kleider, die Eichel in dem Glas und ging auf ihr Zimmer.

Sereža wachte vor den anderen auf. Draußen schien die Sonne. Auf seiner Uhr war es 9.22 Uhr. Sereža kroch unter der Decke hervor, streckte sich, stand auf. Er hatte rote Unterhosen an und ein weißes T-Shirt mit dem Emblem der »Rolling Stones«. Er lief hinaus in die Halle, zur Tür von Olgas Zimmer, machte vorsichtig auf. Im Zimmer war es dämmrig wegen der dicht zugezogenen lila Vorhänge. Olga schlief. Leise trat Sereža ein, lehnte die Tür hinter sich an, ging zum Bett und zog Olga langsam die Decke weg:

– Die nackte Olga auf der Volga...

Olga seufzte:

– Sereženka...

– Olga, gib dich mir hin, ich werde es dir lohnen. – Sereža berührte ihre Brüste.

Sie gähnte, drehte sich auf den Rücken, schlug die Augen auf:

– Wie spät?

– Fünf fick halb zehn. – Serežas Hand glitt zwischen ihre Schenkel.

Olga patschte auf seine Hand, setzte sich auf:

– Mach da auf... die Vorhänge...

Sereža zog an der Schnur, die Vorhänge gingen auf, Sonne fiel ins Zimmer.

– Oj, wie herrlich, – Olga blinzelte, rieb sich die Augen. – Wir gehen langlaufen... Ist Viktor auf?

– Sag ich nicht.

Sie langte nach ihrem Bademantel, doch Sereža schnappte ihn sich und hockte sich aufs Fensterbrett:

– Put, put, put.

– Kleiner Scheißer... ooojjaa! – sie streckte sich, daß es knackte.

– Die Olenjka, die Olenjka steht mit nackten Titten da.

Olga war aufgestanden. Sereža warf ihr den Bademantel hin und rannte fort zur Tür.

– Ich frage dich ernsthaft, – sie warf einen Blick auf die im Wasserglas schwimmende Eichel, – ist Viktor aufgestanden?
– Olga hat ne rote Schote!

Olga schleuderte den Bademantel weg und stürzte sich auf ihn. Er huschte aus der Tür. Sie riß die Tür auf und setzte ihm nach, erwischte ihn vor dem Klo, drehte ihm gekonnt den Arm auf den Rücken, hielt ihm den Mund zu und stieß ihn mit nacktem Knie ins Bad:
– So, jetzt werden wir den Knaben mal abhärten!

Sereža winselte. Olga zog ihn aus, stieg mit ihm in die Wanne, klemmte seinen Kopf zwischen ihre Schenkel und gab ihm laute Klapse auf seinen mageren Knabenpo:
– Sereža Aniščenko bekommt eine Wasserkur verschrieben.

Sie richtete den Duschkopf auf Serežas Po und drehte den Kaltwasserhahn auf. Die Strahlen prasselten auf seinen Po. Sereža kreischte auf. Olga drehte den Hahn zu.
– Nochmal, oder Entschuldigung?
– Entschuldigung, Entschuldigung!

Sie gab seinen Kopf frei, und mit der Dusche in der Hand über ihm stehend, machte sie ihre langen Beine breit:
– Küssen.

Sereža hockte sich auf die Knie und küßte ihre mit hellem Schamhaar bedeckten Genitalien.
– Nochmal.

Sereža küßte.
– Küß lauter.

Sereža gab einen schmatzenden Kuß.
– Ach, du kleines Ferkelchen! – Olga schmunzelte, faßte ihn am Schopf.
– Was ist das für ein Geschrei? – Rebrov kam nackt ins Bad.
– Kindstaufe, – Olga grinste, – wie haben der Herr geruht?
– Prächtig… – Rebrov ging zum Waschbecken, warf einen

Blick in den Spiegel, fuhr sich mit der Hand über die Wange.

Sereža stieg aus der Wanne, nahm seine Sachen und trollte sich zornig schweigend.

Olga drehte den Kaltwasserhahn auf und begann sich abzuduschen.

– Hmja... Kleinvieh macht auch Mist, – murmelte Rebrov, nahm den Elektrorasierer vom Regal und begann sich zu rasieren.

– Oj! Ach, herrlich! – Olga schauderte unter der Dusche.

– Was ich mir überlegt habe. Wir werden von uns aus Kovšov nicht anrufen. Soll er sitzen und auf den Anruf warten. Und Najman fährt inzwischen zu den Kooperatoren. Mit einem Prügel, um Kovšov eins auf die Nuß zu geben.

– Wie? – Olga stellte die Dusche ab.

– Bei den Kooperatoren steht ein Funktelefon. Klar? – Rebrov sah sie an.

– Genial! – Olga schüttelte den Kopf und klatschte in die nassen Hände. – Genial!

– So werden wir siegen.

Rebrov spritzte sich Eau de Cologne in die Hand und rieb es sich schnell auf die Wangen.

Gefrühstückt wurde wie immer im Wintergarten.

– Genrich Ivanyč, wie fühlen Sie sich? – fragte Rebrov, während er seinen Kaffee umrührte.

– Prächtig, – Staube verschlang mit Heißhunger ein Spiegelei mit Schinken. – Schlaf ist die beste Medizin. Avicenna hatte recht.

– Tut es nicht weh?

– Überhaupt nicht. Olga Vladimirovna, mein Engel, schenken Sie mir noch Saft nach.

Olga stand auf und begann, allen aus einem Kristallkrug Orangensaft einzuschenken. Als sie zu Sereža kam, legte er die Hand aufs Glas und murrte:
– Ich nicht.
Olga streckte ihm die linke Hand mit angewinkeltem kleinen Finger hin. Sereža zögerte, dann hakte er sich mißmutig mit seinem kleinen Finger bei Olga ein.
– Frieden, Frieden laß uns üben, – meinte Olga.
– Haust du mich, beiß ich dich, – brummelte Sereža.
Olga gab ihm einen Kuß auf den Kopf und schenkte ihm Saft ein.
Rebrov trank seinen Kaffee aus, wischte sich mit der Serviette den Mund ab:
– Freunde. Mit eurer Erlaubnis werde ich diese freie Minute zu einer kleinen Ankündigung nutzen. Ich habe es euch gestern abend nicht gesagt, war meiner Ansicht nach auch besser so. Die Briketts von Golubev sind nicht eingetroffen.
Olga erstarrte mit dem Glas in der Hand. Staube hörte auf zu kauen:
– Wie… wie, nicht eingetroffen?
Rebrov verneinte mit dem Kopf.
– Und Maša? – Olga stellte das Glas ab.
Wieder schüttelte er den Kopf.
– Aber, Viktor Valentinyč, ich verstehe nicht! – Staubes Stimme ging nach oben, – wie sind dann bitte Ihre Aussagen von Sonntag zu verstehen? Und Maša? Was gibt das, werden wir an der Nase herumgeführt? Ich verstehe gar nichts mehr, erklären Sie mir das mal!
Rebrov seufzte:
– Lieber Genrich Ivanyč. Am Sonntag hatte ich von den Pädagogen gesprochen. Sie müßten sich erinnern.
– Ja! Ich weiß! – kreischte Staube, – ich weiß! Wie Sie es zuließen, es diesem Miststück überlassen haben, dieser…

verdammten Sau das zu versprechen! Zu versprechen und zu vertrauen! Wie sie gelacht hat, wie sie einverstanden war! Das Luder! Und Sie, Sie haben sich für Mišanja eingesetzt! Sie! Sie! – brüsk und ungeschickt stand er auf, warf dabei das Glas mit Saft um, – aber ich, ich habs Ihnen ja gesagt! Ich habe Ihnen immer gesagt, daß ich Mišanja verachte! Ich scheiß auf die Orlover! Scheiß drauf! Ich scheiße und pisse auf Ihre Übungen mit ihm! Ich scheiß auf die Drecksmoneten! Sehen Sie, die haben uns die Bedingungen gestellt! Zwei Schwarze sind wir durch! Wohltäter! Nein! – er klopfte mit dem Finger auf die Tischplatte, – den dritten werden Sie nicht mehr ganz schaffen! Nein, nein! Und ich brauche keine Einzelheiten! Keine Tricks mit dem Kiefer! Ich bin nicht Ihr Clown, Viktor Valentinyč! Ich bin nicht Najman! Nicht diese... nicht dieses Miststück! Verfluchtes! Uuuh, Gesindel! – Staubes Gesicht war bleich geworden, in den Augen glänzten Tränen. – Ich, ich bin ein alter Mann! Ein alter Mann! Und ich soll Ihrer Ansicht nach für diese verfluchte Scheißbrut anschaffen! Ja?! Ich, Invalide, kranker Mensch? Ich soll Zlotnikov zufriedenstellen?! Ins Ispolkom gehen?! Es abholen?! Mit diesen Arschlöchern fahren?! Ja?! Ja?! Und die Klumpen?! Ja?! Und die Platten? Ich?! Und Sie finden sich seelenruhig damit ab? Sie?! Sie?!

Rebrov hob den gesenkten Kopf und meinte leise:

– Den Zwischenblock habe ich.

Staube war baff:

– Wie das?

– Schon am fünfzehnten. Er liegt bei Tamara Alekseevna.

– Na ja... – Staube zuckte die Achseln, – dann...

Er schwieg, sah angestrengt auf den Tisch, dann murmelte er:

– Dann... vergeben Sie einem alten Mann.

– Lassen Sie gut sein, – Rebrov sah auf die Uhr. – Also, um zwölf das Auswerfen. Ich bitte alle in voller Bereitschaft zu sein. Und ein bißchen professioneller als letztes Mal. Morgen – Angelegenheit Nr. 1. Denkt bitte daran. Und an die Neigungsreihe.

– Machen wir. – Staube bedeckte die Saftlache mit der Serviette, schnupperte in die Luft und beugte sich zu Sereža, der neben ihm saß. – Pfui! Hast aber ordentlich einen gelassen!

Überrascht schnaufte Sereža durch die Nase ein:

– Ich... nein...

– Läßt still und heimlich einen fahren! Ah, Viktor Valentinyč?

Rebrov stand auf:

– Ich erwarte euch um zwölf.

Das Auswerfen fand in dem kleinen Raum neben Rebrovs Arbeitszimmer statt. Als alle auf ihren Stühlen an den Ecken des auf dem Boden ausgebreiteten Felderplans Platz genommen hatten, warf Rebrov die Ebenholzkugel in die Mitte. Die Kugel blieb auf »Freude« stehen. Olga bedeckte ihr Gesicht mit Händen.

– Macht nichts, macht nichts. – Rebrov lächelte besänftigend.

Sie legte ihre beiden Chips auf die 6. Staube berührte mit dem Stab Rot. Sereža markierte »Wand-Schloß«. Rebrov zog eine 2, schob das Segment zu »Pferd«, schubste die Kugel an. Die Kugel zeigte »Aussaat«. Olga versetzte den linken Chip auf die 27. Staube ging mit dem Ring durch Gelb und »Bork«. Sereža fuhr mit der Kreide über »Wand-Leuchtturm«. Rebrov zog eine 6 und 9-Kreuz, schob das Segment zu »Marder«, schubste die Kugel an. Die Kugel zeigte »Vertrauen«. Olga versetzte den rechten Chip auf die 18. Staube berührte mit dem Stab Blau und beendete die Schleife.

Sereža wischte »Wand-Schloß« weg, markierte »Wand-Hindernis«. Rebrov zog eine 12, schob das Segment aufs Feld, schubste die Kugel an. Die Kugel zeigte »Einverständnis«. Zornig warf Staube den Stab hin. Olga heulte. Rebrov öffnete das Listenbuch, fand die entsprechende Seite:

– 9, 46, 21, 82, 93, 42, 71, 76, 84, 36, 71, 12, 44, 47, 90, 65, 55, 36, 426.

Staube hob die Arme:

– Nur Vaga, Stri und Vop.

Rebrov nickte, schloß das Buch. Olga schluchzte heftig.

– Also, ich gehe jetzt? – Sereža erhob sich von seinem Stuhl.

Rebrov nickte. Sereža ging. Staube stand auf und humpelte hinterher.

Rebrov blickte auf die weinende Olga.

– Olga Vladimirovna, Sie müssen...

– Ich weiß, ich weiß! – schluchzte Olga.

Rebrov sagte nichts mehr, sammelte Kugel, Segment und Stab ein und ging.

Bis zum Mittagessen arbeiteten Rebrov und Staube am ersten Block, Olga und Sereža gingen mit Langlaufskiern in den Wald. Sie hatten etwa drei Kilometer durch den Fichtenwald zurückgelegt, als sie auf einer großen Lichtung haltmachten.

– Komm, hier, – Olga sah sich um und stieß die Stöcke in den Schnee.

Sereža nahm den kleinen Rucksack ab und schnürte ihn auf. Olga knöpfte die Jacke auf, zog ihre Sportpistole mit Schalldämpfer hervor:

– Du hängst sie da drüben auf, alle zehn Schritt.

– Die Schritte mit Skiern? – Sereža lachte und zog drei

kiloschwere Fleischklumpen an Haken aus dem Rucksack, – Dann aber nicht bloß Schritte, sondern ganze Längen!

– Okay, ganze Längen, – Olga ließ die Jacke in den Schnee fallen und stand im Langlauftrikot der UdSSR-Olympiamannschaft da.

Sereža lief los und brauchte lange, bis er das Fleisch auf die unteren Fichtenäste verteilt hatte.

– Fertig!

Er kam zurück, stellte sich ein Stück hinter Olga, nahm eine Stoppuhr. Das rote Fleisch glänzte in der Sonne vor dem grünen Hintergrund. Olga spannte die Waffe und gab schnelle Schüsse ab. Die Fleischklumpen begannen an den Haken zu schaukeln, es riß ganze Fetzen weg. Das Magazin war leer, Olga schob ein neues ein und fuhr mit dem Schießen fort. Sie schoß und wechselte Magazine, bis an den Haken nichts mehr übrig war.

– Wieviel? – sie wandte sich zu Sereža um.

– Dreiundfünfzig.

Unzufrieden schüttelte sie den Kopf:

– Lausig. Werde heute ans Fitnessgerät müssen.

– Olja, läßt du mich? Dreimal?

– Mein Lieber, sie ist doch für meine Hand angefertigt. Du kannst gar nicht normal auf den Abzug drücken. Ich laß dich mit der Makar.

– Ach, Olja! Nur einmal!

– Na gut. Aber nimm sie mit beiden Händen. Da auf die Fichte.

Sereža hob die Pistole, zielte lang, schoß.

– Sauber, getroffen. Los, nochmal.

Er schoß und traf wieder. Schoß nochmal und traf daneben.

– Nicht schlecht, wirst es mit der Makar lernen, – Olga nahm ihm die Pistole ab.

– Die hier ist schwer.

– Ja. Aber dafür der Durchschlag hammerhart. Laufen wir zum Bach?
– Mhm.
Olga streifte die Jacke über, Sereža den Rucksack. Sie liefen langsam nebeneinander her.
– Dort ist die Loipe, – sagte Olga, – wahrscheinlich ganz zugeschneit.
– Olja, hat Rebrov einen großen Schwanz? – fragte Sereža.
– Normal.
– Kleiner als der von Farid?
– Klar. Schau!
Ein Eichhörnchen hüpfte von einer Kiefer auf eine Fichte. Schneeklumpen fielen herunter.

Um acht aßen sie zu Abend. Nach Pute mit marinierten Früchten servierte Olga Mousse au chocolat. Das Telefon klingelte. Rebrov griff zu dem auf einem Stuhl abgelegten Hörer mit der kurzen Antenne.
– Ja. Ja. Passieren lassen.
Er legte den Hörer hin und begann die Mousse aus dem Glasschälchen zu löffeln:
– Genrich Ivanyč, ist speziell für Sie.
– Was? – Staube hob den Kopf.
– Kartasov, Viktor Afanasjevič. Er ist mit seinem Volga vorn an der Einfahrt, auf dem Weg zu uns.
– Wie? Wie? Halt mal… – Staube hustete, warf den Löffel hin.
– Wahrscheinlich mit einem kleinen Präsent.
– Mein Gott… halt… – hustend stand Staube auf. – Wie? Was soll das?
– Beruhigen Sie sich, Genrich Ivanyč. Wir liefern Sie nicht aus.
– Ja. Aber… – blaß geworden, zuckte Staube die Achseln.

– Gehen Sie nach oben, – meinte Rebrov ruhig.

Staube griff nach seinem Stock und verließ das Eßzimmer.

– Wir werden ihn in der Diele empfangen, – Rebrov drückte eine Papirossa am Mundstück zusammen und zündete sie an. – Sereža, hol aus meinem Arbeitszimmer den braunen Aktenkoffer.

Der Junge lief hinaus.

– Na also, – lächelnd sah Rebrov zu Olga, – Nicht nur Fehlinvestitionen.

– Verstärkung? – fragte Olga.

– Nicht vonnöten.

Es klingelte an der Tür. Rebrov und Olga gingen hinaus in die Diele. Rebrov öffnete die Tür. Draußen stand ein Mann, mittlere Größe, graue Daunenjacke, blaue Sportkappe. Er trug einen Koffer in der Hand.

– Tag. – Der Mann kam herein und setzte den Koffer ab.

– Guten Tag, Viktor Afanasjevič, – meinte Rebrov nüchtern und schloß die Tür hinter Kartasov.

– Ich hab schon in der Odoevskij angerufen, aber da war keiner. – Kartasov warf einen Blick auf Sereža, der die Treppe herunterkam.

Rebrov stieß Zigarettenrauch aus, er gab Olga die Papirossa und nahm Sereža den Aktenkoffer ab. Kartasov schniefte und schob die Hände in die Jackentaschen. Rebrov klappte den Aktenkoffer auf, holte einen metallischen Gegenstand heraus, reichte ihn Kartasov.

– Aha. – Dieser nahm den Gegenstand und ließ ihn sofort in der Jackentasche verschwinden.

– Wir rufen Sie an. – Rebrov öffnete die Tür.

– Mhm. Auf Wiedersehen. – Kartasov ging. Rebrov sperrte die Tür ab, nahm den Koffer und stieg die Treppe hinauf. Olga und Sereža folgten ihm. In der Halle im ersten Stock stand Staube.

– Bitte sehr, Genrich Ivanyč, – Rebrov stellte Staube den Koffer hin.

Staube kniete sich hin und machte den Koffer auf. Er war voll mit zerknüllten Frauenkleidern und Unterwäsche.

– So, so, so, – Staube begann die Sachen auf den Boden zu werfen, wobei er sie flüchtig durchsah. Unter den Kleidern tauchte ein ramponierter Geigenkasten auf. Staube klappte ihn auf. In dem Kasten lag etwas Längliches, eingewickelt in eine Zellophantüte. Staube wickelte die Tüte auf und zog einen Frauenarm heraus, grob abgehackt über dem Ellbogen. Am Ringfinger der Hand steckte ein goldener Ehering, vom kleinen Finger war die Haut abgezogen. Gebannt starrte Staube auf die Hand, dann ließ er sie in den Koffer fallen, ergriff Rebrovs Hand, der neben ihm stand, und küßte sie.

– Schämen Sie sich. – Rebrov machte sich los und ging zur Treppe.

– Liebster Viktor Valentinyč. – Staube erhob sich von den Knien.

– Tee, es gibt Tee. – Rebrov war schon auf dem Weg nach unten.

– Oj… mein Gott. – Staube wischte sich den Schweiß von der Stirn.

– Für Sie einen Kognak oder Baldrian? – Olga schmunzelte.

– Für mich? Kognak, einen Kognak!

Rebrov und Staube hatten sich ins Billardzimmer zurückgezogen, sie spielten »Pyramide«. An den beiden sechsarmigen Leuchtern brannten die Kerzen, auf einem Tischchen stand eine halbgeleerte Flasche armenischer Kognak.

– Die Drei von der Bande nach links. – Staube zielte und

stieß die Kugel. – Hopp! Jetzt stehen Sie aber im Regen... die Neun ins mittlere.

– Wenn Sie beim Auswerfen auch so dabei gewesen wären, Genrich Ivanyč, – Rebrov trank seinen Kognak aus, – dann wären wir schon in Krasnojarsk.

– Auswerfen ist Auswerfen, aber... – Staube stieß die Kugel, – daß wir dieses Aas plattgemacht haben und in Kontakt mit den Parteifritzen gekommen sind, das, mein Lieber, ist eine archewichtige Sache, wie der Glatzkopf sagen würde.

– Die vom Rajkom sind übrigens ganz Ihre Sorge, – Rebrov holte die Kugeln aus den Auffangnetzen, legte sie ins Regal, – Falls Gerasimov nicht als Austausch geht, ist unser Zwischenblock keinen Pfifferling wert.

– Er wird gehen, was soll er sonst machen, – den Blick auf den Tisch gerichtet, rieb Staube Kreide auf das Queue, – Gerasimov hängt an Kovalenko, und Kovalenko an Bolšakov. Und zu Bolšakov können wir zu jeder Tages- und Nachtzeit sagen: Faß, Sergej Sergeič. Die Fünf, die Vierzehn nach rechts.

– Problematisch, – brummte Rebrov.

Staube traf daneben:

– Sie sind ja ständig verfügbar...

– Mit Gerasimov ist nur eins... die Fünf nach rechts, – Rebrov stieß die Kugel, ging um den Tisch herum, – stellen Sie sich folgende Variante vor: Sie üben über Bolšakov Druck auf Kovalenko aus, er setzt den Austausch durch, Gerasimov unterschreibt, wir kriegen die Disketten. Tanja fährt nach Piter, ich statte mit Najman den Schleimscheißern einen Besuch ab, die zuverlässig einwilligen, zuverlässig die Wiederaufbauarbeiten durchführen und ebenso zuverlässig... die Sieben in die Mitte... die Listen Rybnikova zeigen, die sofort Gerasimov Bericht erstattet und damit den Circulus vitiosus schließt. Und Gerasimov...

– Und Gerasimov hockt sich mit seinem fetten Arsch auf Rybnikovas Bericht und bleibt stumm wie ein Fisch, weil Bolšakov nicht nur den Brief hat, sondern auch die Almatra.
– Sind Sie sicher?
– Hab es mit eigenen Augen gesehen.
– Dann ändert das die Sache, – Rebrov grübelte.
– Tut es, tuuut eees, – sang Staube und hatte es gleichzeitig ganz wichtig am Tisch. – Den »Opa« von der Bande in die Mitte. Hopp! Sie haben das Nachsehen, Viktor Valentinyč. Spielen wir noch zu Ende?
– Nee, – Rebrov legte das Queue hin. – Mit Tanja setzen Sie sich wann in Verbindung?
– Morgen zum Beispiel, – der Alte schenkte sich Kognak nach. – Ich rufe an, sobald wir fertig sind. Oder wollen Sie jetzt gleich?
– Jetzt gleich, – meinte Rebrov mit einem Blick auf die Kerzen.

Um 9.25 Uhr morgens fuhr Rebrovs Wagen am Gebäude der Militärkommandantur des Bezirks Oktober vor und hielt am Straßenrand.
– Nach dem Znedo rufen wir ihn, – sagte Rebrov und öffnete die Wagentür. Er trug die hellblaue Uniform eines Oberstleutnants der Luftwaffe, Olga die Uniform eines Oberleutnants der Miliz. Staube und Sereža hatten gewöhnliche Kleidung an.

Rebrov und Olga stiegen aus, liefen die Stufen hinauf, gingen hinein. Der hinter einer Glasscheibe sitzende wachhabende Leutnant stand auf, salutierte vor Rebrov, dieser grüßte im Vorbeigehen zurück. Sie gingen in den ersten Stock. Der Korridor war verlassen. Rebrov ging zum Zimmer des Kommandanturchefs und machte die Tür auf.

– Guten Tag, – sagte er zur Sekretärin, die an der Schreibmaschine saß.

– Tag, – sie lächelte freundlich, – Sie werden im Leninzimmer erwartet.

– Alles klar, – Rebrov zog die Tür wieder zu, ging den Korridor entlang.

Olga folgte ihm. Sie betraten das Leninzimmer. Am Tisch saß der Kommandanturchef, Oberst Tkačenko. Der Tisch war mit rotem Tuch bedeckt. Etwas entfernt auf Stühlen saßen: Oberstleutnant Leščinskij, Major Zubarev, Major Duchnin, Hauptmann Korolev, Hauptmann Lomejko, Hauptmann Beljakov, Hauptmann Terzibašjanc, Oberleutnant Volkov.

– Guten Tag, Genossen, – sagte Rebrov mit fester Stimme.

– Nikolaj Nikolaič, ich grüße Sie! – Tkačenko erhob sich lächelnd.

Sie schüttelten einander die Hand. Die Offiziere erhoben sich, Rebrov begrüßte jeden mit Handschlag. Olga stand bei der Tür.

– Kommen Sie her, – schnauzte Rebrov sie an.

Sie kam her und blieb stehen, den Kopf gesenkt.

– Vorstellen, – kommandierte Rebrov.

– Untersuchungsbeamter des Kirover RUVD der Stadt Moskau, Oberleutnant der Miliz, Fokina Svetlana Viktorovna.

– Aaa... – Tkačenko trat zu ihr, verschränkte die Hände auf dem Rücken. – So, das sind wir also. Und wie alt sind wir?

– Sechsundzwanzig, – erwiderte Olga leise.

– Nicht übel, gar nicht übel! – Tkačenko verzog das Gesicht. – Sechsundzwanzig und sechsundzwanzig, das macht wieviel? Ah?

– Zweiund... fünfzig, – brachte sie kaum hörbar hervor.

– Zweiundfünfzig, – wiederholte er und sah sie böse an, – Aufmachen, Evgenij Stepanyč.

Hauptmann Korolev ging an die Tür gegenüber der

Eingangstür, schloß sie auf und trat auf die abwärts führende Treppe.
– Bitte, – Tkačenko schwenkte den Kopf. Olga ging hinter Korolev her. Die restlichen folgten. Über die Treppe kamen sie in den Hof der Kommandantur. Im Hof standen mehrere Autos. Korolev ging zu einem graublauen Minibus, öffnete die Wagentür und setzte sich ans Steuer. Tkačenko nahm auf dem Vordersitz Platz, die übrigen verteilten sich hinten.
– Losfahren, – Tkačenko nickte.

Korolev ließ den Motor an, sie fuhren aus dem Hof und nahmen die Vavilovstraße.
– Nikolaj Nikolaič, und was ist mit Moiseev? – fragte, ohne sich umzudrehen, Tkačenko.
– Auf Dienstreise, – erwiderte Rebrov.
– Na, um so schlechter für ihn.

Sie bogen in die Profsojuznaja ein und passierten nach etwa fünfzehn Minuten die Stadtgrenze von Moskau. Die Profsojuznaja ging in die Kalužskoer Chaussee über, Korolev gab Gas. Bei Kilometerstein sechsunddreißig bog der Minibus von der Chaussee rechts ab und fuhr auf einer schnurgeraden, unbefestigten, aber saubergehaltenen Straße weiter. Sie führte durch einen Wald. Nach etwa zwei Kilometern stieß die Straße auf ein massives Tor mit roten Sternen. Korolev hupte, das Tor öffnete sich, der Wagen fuhr ein und hielt am Kontrollpunkt vor einem gestreiften Schlagbaum. Ein Soldat mit MP kam heran. Tkačenko streckte ein Papier und den Ausweis aus dem Fenster. Der Soldat verschwand im Häuschen und kam mit einem Leutnant zurück. Der Leutnant händigte Tkačenko den Ausweis aus, salutierte. Der Schlagbaum hob sich, der Wagen fuhr aufs Gelände.
– Fahr geradeaus und bei der Kaserne nach rechts, – dirigierte Tkačenko Korolev.

Sie bogen bei der Kaserne ein und hielten vor einem kleineren einstöckigen Gebäude.

– Da sind wir, – Tkačenko stieg aus, wartete auf die anderen, dann ging er voran ins Gebäude. Die Offiziere, Rebrov und Olga folgten. Drinnen befand sich ein großer Lift mit zwei Kabinen, bewacht von drei Soldaten und einem Fähnrich. Sie salutierten vor den Offizieren, der Fähnrich drückte auf einen Knopf, nahm einen Telefonhörer ab:

– 6, 23.

Die Türen der einen Kabine gingen auf, die Offiziere, Rebrov und Olga betraten den Lift, die Türen schlossen sich, der Lift fuhr nach unten.

Tkačenko sah zu Olga:

– Der brave Mann denkt an sich selbst zuletzt.

Olga ließ den Kopf sinken.

– Hat sich selbst ausgetrickst, – Tkačenko grinste, – Mama, haben haben!

Die Offiziere grinsten. Der Lift stoppte, die Türen gingen auf.

– Bitte! – Tkačenko nickte, und alle traten aus dem Lift in einen riesigen unterirdischen Raum, er war erhellt von Hunderten von Neonlampen, die ganz oben unter der hohen Decke installiert waren. Der Raum war leer, nur weit vorn war eine Gruppe Soldaten zu sehen.

– Vorwärts! – befahl Tkačenko Olga. Langsam ging sie in Richtung der Soldaten. Die übrigen folgten.

– Bißchen schneller!

Olga ging etwas schneller. Sie durchquerten fast den ganzen Keller, bis sie zu einer Holzwand kamen, deren eine Hälfte mit Stahl verkleidet war. Bei der Wand standen zwei Soldaten mit MPs. Hinter einem Tisch mit Telefon saß ein Hauptmann. Am Tisch stand ein untersetzter grauhaariger Generalmajor der Luftwaffe. Olga war bis auf zehn Schritt an ihn herangekommen, blieb stehen. Die hinter ihr Gehenden blieben ebenfalls stehen.

– Na, was ist, keine Kraft? Ah? – fragte der General, – Wollen die Beine nicht? Los, los, komm her!

Olga ging bis zu ihm hin und blieb mit gesenktem Kopf stehen.

– Und jetzt? Was weiter? Ah? – fragte er und musterte Olga.

Olga schwieg.

– Sind wir stumm? Ah? Ist sie also da. Gut, gut! – er wandte sich an den Hauptmann, – Genosse Hauptmann, die Herrschaften haben sich bequemt herzukommen! Verstanden? Zeigen Sie es ihnen, sollen sie auf den Geschmack kommen.

Der Hauptmann nahm den Telefonhörer ab:

– 8, 43.

Der stählerne Teil der Wand glitt nach oben, gab einen halbdunklen Raum frei. Als die Wand in der Decke verschwunden war, kam aus dem Raum ein riesiger, für den Transport von SS-20-Mittelstreckenraketen gebauter Schlepper in den Keller gefahren. Auf der Ladefläche des Schleppers lag eine gewaltige Profilstange aus silbrig-grünem Metall. Der Schlepper hielt an.

– Na! Schau hin! – der General deutete mit dem Kopf.

Olga hob den Kopf, schaute auf die Profilstange.

– Miststück! Verdammtes Miststück! – schrie der General, er ging mit seinem blaßgewordenen Gesicht ganz dicht an das von Olga, – hast gedacht, du bist schlauer als alle anderen? Ah? Uns verarschen, was? Ah? Übers Ohr hauen? So? Uns kann man das reinwürgen, wir werden es schon schlucken? Ja? Machen Sie, machen Sie, Petr Semenyč! Luder! Verdammtes Drecksluder! Angekrochen gekommen! Gekuscht, Hurensau! Schlucken werden wir es also! Fressen! Leck mich doch! Als erste, als erste runterwürgen! Und ganz einfach! Einfach, wie jedermann! Schlicht und einfach, leck mich doch! Und für eine Acht stell ich mich hin! So?! So, du Biest?! So?! Ah?!

Er holte aus und schlug Olga ins Gesicht. Sie wankte nach hinten, hielt sich die Hände vors Gesicht und heulte los.

– Nur zu, nur zu! Sie haben es ja erlaubt! Ja?! Man darf fies sein zu den Leuten, darf sie bescheißen! Na los, scheiß doch! Sei fies, bei uns darf man ja! Macht gar nichts, die fressen das! Die können mich mal, die Blödmänner! Ah? Ich scheiße, und die fressen es! Fressen es! Aber denkste, du Luder! Nichts da, ausgeschissen! Du wirst es selber fressen! Selber! Serež!

Der Hauptmann hob den Hörer ab:

– 8, 12.

Eine Sirene ertönte, Türen gingen auf, Soldaten mit MPs kamen in den Keller gelaufen und traten in zwei Reihen an. Kaum waren sie angetreten, schaltete die Sirene ab, ein Kommando ertönte:

– Kompanie, sti-illgestanden! R-rechts um!

Im Stechschritt kam ein Oberleutnant zum General, legte die Hand an den Mützenschirm:

– Genosse Generalmajor, zweite Kompanie angetreten! Befehlshaber der Kompanie Oberleutnant Sevostjanov!

– Mach, mach! – der General nickte dem Hauptmann zu.

Der Hauptmann hob den Hörer ab:

– 8, die Alte.

Eine Tür ging auf, und zwei Soldaten in wattierten Jacken stießen eine ältere Frau in einem altmodischen dunkelblauen Kleid in den Keller. Sie fiel stöhnend hin, die Soldaten packten sie unter den Armen, schleiften sie über den Boden und ließen sie bei Olga fallen...

– Ninočka... – stöhnte die Alte überrascht.

– Nein, nein, nein! – Olga fiel auf die Knie, kroch zum

General, – bitte nicht! Ich flehe Sie an! Verschonen Sie sie! Ich flehe Sie an!
– Ah, du Fotze! Hats gewirkt?! – Der General stieß sie mit dem Stiefel weg, – Gut, gut, gleich wirst du deine Freude haben! Gleich werden dir die Augen übergehen!
– Nein! Nein! – Olga stand vom Boden auf, rannte in Richtung Türen, doch die Soldaten in den wattierten Jacken holten sie ein, schlugen ihr die Beine weg, schleiften sie zurück zum General.
– Sie gestatten, Ivan Timofeič, – Tkačenko trat zu Olga.
– Auf, auf!

Hauptmann Korolev packte Olga am linken Arm, Oberstleutnant Leščinskij am rechten, Tkačenko nahm sie bei den Haaren.
– Nein, nein! – schrie Olga.
– Und du, du Fotze, was sitzt du da?! – schrie der General die Alte an. – Los, ausziehen! Zeig uns deine Möse! Bestimmt ausgetrocknet? Ah? Schon zwanzig Jahre nicht mehr gefickt?! Na?!
– Nein! Nein! – Olga wand sich im Griff der Offiziere.
– O Gott, – stöhnte die Alte.
– Los, ausziehen, Luder! – schrie der General, – reiz mich nicht, du Biest! Ausziehen! Ausziehen, Fotze! Ich warte nicht!

Die Alte heulte.
– Macht schon! Na! – schrie der General die Soldaten in den wattierten Jacken an.

Die Soldaten begannen der Alten die Kleider herunterzureißen.
– Neiiin! – schrie Olga verzweifelt.
– Von wegen – nein! Los, haltet ihr die Hexe hin, soll sie an der Möse schnuppern! Ah!

Die Soldaten in den wattierten Jacken hoben die Alte nackt auf die Arme, machten ihr die Beine breit und hielten die Scheide Olga vors Gesicht. Olga fuhr zurück, doch die Offiziere stießen sie vor, Tkačenko, in ihre Haare gekrallt, drückte ihr Gesicht an die Genitalien der Alten. Olga stöhnte auf.

– Schnupper nur, schnupper an der Möse einer verdienten Lehrerin! Schnupper! Sie hat bei uns eine Woche gesessen, ohne zu baden, riecht gut! Laßt sie noch schnuppern, los!

Tkačenko stieß Olga immer wieder in die Genitalien der Alten.

– Da! Da! – der General grinste, – soll sie sich satt riechen! Atmen, tief einatmen! Und jetzt – der Arsch! Da kommt es auch zu Stockungserscheinungen, wie Michail Sergeič sagen würde! Zweimal hat sie in die Hosen geschissen, zweimal! Das erste Mal, als ihr die Anklage verlesen wurde, das zweite Mal – als sie den verwesten Schädel von Erofeev gesehen hat! So ist das!

Die Soldaten drehten die Alte um und hielten ihre mageren kotverschmierten Gesäßbacken an Olgas Gesicht. Tkačenko begann Olgas Gesicht zwischen die Gesäßbacken zu stoßen. Verzweifelt versuchte Olga sich loszureißen, doch den drei Offizieren kamen noch zwei zu Hilfe – Major Duchnin und Hauptmann TerzibašjancTerzibašjanc.

– Und tiefer, tiefer! – kommandierte der General, – Je tiefer, desto köstlicher!

Die Alte kreischte.

– Und jetzt zeigt uns mal die Visage von Genossin Fokina! Allen!

Die Offiziere drehten Olga zu den Soldaten herum. Ihr Gesicht war kotverschmiert.

– Schwein, Schwein, Schwein... – schluchzte Olga. Die Alte schrie anhaltend, ihre auseinandergehaltenen Beine zuckten.

– Und jetzt plattmachen, die Filzlaus! – kommandierte der General.

Die Soldaten hoben die Alte höher und schmetterten sie auf den Boden. Sie verstummte.

– Zwei, drei! – kommandierte einer der Soldaten, und sie sprangen der Alten auf den Rücken. Die Knochen krachten, aus dem Mund der Alten kam Blut.

– Ich werd alles... ich sag es Basov... ich... Schwein, – krächzte Olga.

– Und jetzt, Serež, den Spezialisten!

Der Hauptmann hob den Hörer ab:

– 8, Govorov.

Ein paar Minuten später brachten die zwei Soldaten und der Fähnrich vom Wachdienst einen Mann in Offiziersuniform herein, allerdings fehlten die Schulterklappen. Sie führten ihn zum General, der Fähnrich legte die Hand an die Mütze:

– Genosse Generalmajor, Arrestierter Govorov auf Ihren Befehl vorgeführt.

– Ah, Nikolaj Ivanyč, – mit einem Lächeln verschränkte der General die Hände vor dem Bauch. – Wie ist das Befinden? War es nicht kalt? Ah?

Govorov sah zur Seite.

– Kolja, verzeih mir, – stieß Olga stöhnend hervor.

– Tut er, tut er bestimmt! – sagte der General laut, und die Offiziere lachten.

Govorov sah immer noch zur Seite.

– Fähnrich, stellen Sie ihn hin, – der General nickte.

Der Fähnrich und die Soldaten führten Govorov zu einer Säule und banden ihn mit Stricken fest.

– Und was ist mit der Milch? – der General wandte sich an den Hauptmann.

– In der vierten Box, Genosse Generalmajor.

– Also?

Der Hauptmann hob den Hörer ab:

– 8, die Milch aus der vierten.

Die Soldaten und der Fähnrich traten von dem gefesselten Govorov zurück.
– Gebt das Kommando, – der General nickte.
– Erstes Glied, in Kniestellung! – kommandierte der Oberleutnant. Die Soldaten des ersten Glieds gingen auf das rechte Knie.
– Kolja! Kolja! – schrie Olga, – Nein! Schweine! Schweine!

Tkačenko nahm das zerrissene Kleid der Alten vom Boden und stopfte Olga den Ärmel in den Mund.
– Legt an!

Die Soldaten luden durch.
– Auf den Kopf des Vaterlandsverräters, kurzer Feuerstoß. Feuer! – der Oberleutnant gab Handzeichen.

Das Knattern von 110 MPs ertönte. Govorovs Kopf wurde zerfetzt. Der mit den Armen an die Säule gefesselte Körper klappte vornüber, aus dem zermatschten Hals kam Blut.
– Erstes Glied, aufgestanden! Kompanie, Gewehr über!

Aus dem offenen halbdunklen Hangar schoben zwei Soldaten eine breite Karre, auf der zwanzig Milchkannen standen.
– So, – der General schaute auf die Karre, dann schwenkte er den Blick zum Hauptmann, – na, und?

Die Soldaten schoben die Karre neben den Schlepper. Der Hauptmann stand auf, ging zur Karre, öffnete eine Kanne, beugte sich darüber und roch an der Milch. Alle Augen sahen zu ihm. Er richtete sich auf und blickte den General an. Der General senkte die Augen und seufzte tief. Dann kam er langsam zu Olga, ging vor ihr in die Hocke. Tkačenko machte ihr den Mund frei.
– Weißt du, – begann der General, – wenn das Vertrauen fehlt, die feste Überzeugung, daß man sich auf einen Menschen verlassen kann. Dann verliert alles seinen Sinn. Alles. Doch andererseits, einen Menschen durch Mißtrauen kränken, ihn auf Distanz halten, sozusagen, das kann auch

verprellen. Verprellen für immer. Das ist das Problem. Ich hasse diese idiotische Regel: Vertrauen ist gut, Kontrolle ist besser. Das haben sich Stalins Apparatschiks ausgedacht, Karrieristen, die über Leichen gingen. Denen ging es darum, das Volk zu entzweien, Argwohn zu säen, Zweifel an der eigenen Arbeit, an sich selbst. Und das heißt – dem Menschen sein Berufsethos zu rauben, ihn zu trennen von seiner geliebten Tätigkeit, in den Sumpf von Produktionsstreitereien hineinzuziehen, ihn zu einer Marionette für die eigenen partokratischen Spielchen zu machen, sozusagen. Und folglich seine Persönlichkeit zu zerstören. Was schlicht gesagt heißt, dem Menschen seinen Rang als MENSCH zu nehmen.

Er verstummte, musterte seine runzligen Hände.

– Ivan Timofeič, – meldete Tkačenko sich vorsichtig zu Wort, – Sergej Anatolič und ich hätten gern das mit Podolsk geklärt. Sie haben gestern schon angerufen und heute. Basov ist nicht da, und Pančenko kann ich es nicht mitteilen.

– Wieso? – der General hob den Kopf.

– Ich kann nicht, – Tkačenko schüttelte den Kopf.

– Sie, Genosse Oberst, müßten trotz eines »ich kann nicht«, – der General erhob sich, – Serež, ruf Klokov an.

Der Hauptmann hob den Hörer ab:

– 3, 16. Genosse Oberst, Hauptmann Červinskij. Oberst Tkačenko ist jetzt da mit Fokina. Ja. Ja. Auf der Neuner. Ivan Timofeič? – fragend sah der Hauptmann zum General, der winkte ab, – ist schon weg. Ja. Schon herausgefahren. Ja. Zu Befehl, Genosse Oberst.

– Na dann, – der General sah auf die Uhr, – ich bin auf meinem Zimmer, und zu Klokov kein Sterbenswörtchen über das Trisin. Soll er sich selber abrackern.

Der General ging zur nächstgelegenen Tür und war verschwunden.

Olga zappelte im Griff der sie immer noch festhaltenden Offiziere.

– Laßt sie, – kommandierte Tkačenko, und sie ließen los. Olga erhob sich von den Knien, ging zu der geöffneten Kanne und begann sich mit der Milch das Gesicht zu waschen. Am anderen Ende des Kellers gingen die Lifttüren auf, es war Oberst Klokov.

– Keiner sagt ihm was, klar? – meinte Tkačenko halblaut und ging Klokov entgegen. Sie salutierten voreinander, gaben sich die Hand.

– Kompanie, in Reih und Glied, stillgestanden! – kommandierte Sevostjanov. – Die Augen geradeaus!

– Rührt euch, – sagte Klokov und trat zu den Offizieren, – guten Tag, Genossen.

Die Offiziere grüßten.

– Wie ist die Lage? – er sah zu der im Blut schwimmenden Leiche der Alten, auf den kopflosen Körper von Govorov.

– Gefechtsbereitschaft! – erwiderte Tkačenko, und alle lachten.

– Sehr gut. – Klokov erblickte Olga, die sich das Gesicht mit einem Taschentuch abwischte. – Genosse Fokina. Wo ist denn Ihr Partner? Hauptmann Voroncov? Unser hervorragender Spitzel?

Olga gab keine Antwort.

– Ist was passiert?

Olga steckte das Tuch ein, rückte ihre Uniformjacke zurecht:

– Die Abschrift hat Major Zubarev in der Tasche.

Die Offiziere fuhren herum zu Zubarev. Der warf einen kurzen Blick zu Olga, dann rannte er los zur Tür, doch Rebrov stellte ihm das Bein. Zubarev fiel hin, man stürzte sich auf ihn, hielt ihn am Boden fest.

– Dreht ihn um, – kommandierte Klokov und ging hin.

Sie drehten Zubarev mit dem Gesicht nach oben.

– Durchsuchen.

Die Offiziere durchsuchten ihn, zogen aus der Innentasche der Uniform ein zusammengefaltetes Blatt Papier heraus. Klokov faltete es auf, begann zu lesen.

Olga ging hin, lugte auf das Blatt:

– Ja. Es ist Lisovskijs. Und weiter unten – an den Ringen. Die von Ogureev.

Klokov preßte die Lippen zusammen, nickte. Olga hielt ihm ein Feuerzeug hin. Er nahm es:

– Oberleutnant Sevostjanov.

Sevostjanov kam.

– Fragen Sie diesen sauberen Patron, wo die Proben sind. Wenn er nicht herausrückt mit der Sprache, dann jagt ihm eine Kugel in den Schädel.

Sevostjanov zog die Pistole aus dem Halfter, spannte sie und richtete sie auf Zubarev.

– Sie sind im Safe... bei Žoglenko drüben... – murrte Zubarev.

Klokov zündete mit dem Feuerzeug das Blatt Papier an:

– Feuer.

Sevostjanov schoß. Die Kugel traf Zubarev in die Brust, er stöhnte auf, krümmte sich. Die Offiziere ließen ihn los. Klokov ließ das brennende Blatt zu Boden fallen, gab Olga das Feuerzeug zurück:

– Danke. Leutnant, zwei Soldaten für mich.

– Sobolevskij, Achmetjev, vortreten! – kommandierte Sevostjanov, die Soldaten traten zum Oberst.

– Und Sie auch, – meinte Klokov zu den zwei Soldaten in den wattierten Jacken, – mir nach, Marsch.

Er ging zum Lift. Rebrov, Olga und die Soldaten folgten.

– Noch in Podolsk hat er mir versichert, daß wir den Parametern nach beim ersten Mal nicht durchkommen, – meinte Klokov im Gehen, – wir haben die Kommission durchlaufen, das GUG, haben uns bei Jazov abgemeldet, sind dann nach Barnaul gefahren, und die ganze Zeit hat er sich aufgeregt, ständig Mitteilungen geschrieben. An Basov, an Polovinkin und an diesen Saftsack Vaščenko: Die Normen sind nicht eingehalten, das Objekt wurde mit gravierenden Unfertigkeiten entgegengenommen, die Dachser tropfen, das Magnefo tropft, am Ausgang ist ein Leck.

Sie betraten den Lift, er drückte auf Knopf 3 und redete weiter:

– Und das im September, zwei Wochen Regen, die Straße aufgeweicht, an Schleppern lächerlich wenig, die Energetikheinis haben uns voll beschissen, uns auf 572er gesetzt, die Kommission zetert, sie haben Leška Gobsev gefeuert, Basov speit Gift und Galle, Ivan Timofeič und ich machen uns einen ab...

Der Lift hielt, die Türen gingen auf, Klokov trat als erster auf den Teppichläufer:

– Und auf einmal kommt dieser Arsch zu mir und zeigt das Foto. Ich hatte gerade erst die Unterredung mit Basov gehabt. Da bekam ich zum ersten Mal Zweifel...

Sie gelangten zur Tür Nr. 35. Klokov öffnete und ging voraus.

Der am Tisch sitzende Fähnrich erhob sich.

– Weitermachen, weitermachen, – Klokov winkte ab, er ging an eine schwarz verkleidete Tür, öffnete, – Ihr mit den MPs bleibt hier stehen.

Die mit den MPs postierten sich vor der Tür, die übrigen gingen durch in ein gemütliches, eichengetäfeltes Arbeitszimmer. Klokov lehnte hinter ihnen die Tür an und kommandierte:

– Zack!

Ein Soldat in wattierter Jacke trat mit einem Bein Rebrov in den Bauch, mit dem anderen Olga gegen den Arm. Rebrov sackte gekrümmt zu Boden, Olga ging in die Knie.

– Na also. – Klokov trat zum Safe, öffnete mit einem

Schlüssel die Außentür, stellte die Kombination ein und öffnete die Innentür. – Wenn man den Bock zum Gärtner macht.

– Wie? Wozu das?! – rief Olga, das Gesicht vor Schmerz verzerrend.

– Gib ihm nochmal, – Klokov holte eine rote Kladde aus dem Safe.

Der Soldat stieß Rebrov den Stiefel ins Kreuz.

– Noch Fragen? – Klokov trat zu Rebrov, – oder alles klar?

– Alles... klar, – röchelte Rebrov.

– Die Nummer des Austauschs?

– 28, Reihe 64...

– Spalte?

– 8.

– Gut, – Klokov öffnete die Kladde, entnahm eine Liste. – Also, statt der wohlverdienten Kugel in den Kopf kriegen Sie die Proben. Heute, im Lager sechs, mit diesem Frachtbrief hier. Stehen Sie auf.

Mühsam stand Rebrov auf.

– Nehmen Sie, – Klokov gab ihm die Liste, Rebrov nahm sie, begann zu lesen, das Gesicht schmerzverzerrt.

– Loslassen, – sagte Klokov zu dem Soldaten, der daraufhin Olgas Arm losließ und ihr aufstehen half.

– Jetzt über die Treppe nach oben, – Klokov drückte einen Knopf, die Täfelung schob sich zur Seite, gab einen Wandgang frei. – Die Tür lassen Sie hinter sich zufallen. Bei der Sanitätsstelle steht mein Wagen mit Chauffeur.

Olga trat als erste in die Wandöffnung.

– Und das zum Abschied, vom Personal, – Klokov gab Rebrov eine saftige Ohrfeige. – Komm du mir bloß noch mal unter, Stinksack. Ab! – er gab Rebrov einen Tritt. Rebrov taumelte in die Öffnung, die Täfelung schob sich zu. Schwache Glühbirnen gaben hier Licht, eine Wendeltreppe führte nach oben. Olga fiel Rebrov begeistert um den Hals:

– Oj, Vitja! Vitjka!

– Noch zu früh, zu früh, – wisperte er und machte sich los, – Vorwärts...

Sie stiegen die Treppe hinauf, öffneten eine Eisentür und kamen auf der Querseite eines Kesselhauses hinaus.

– Wo sind wir...? – Rebrov wandte den Kopf nach allen Seiten. – Aha, da ist die Sanitätsstelle.

– Deine Lippe ist aufgeschlagen, warte. – Olga nahm ihr Taschentuch, wischte das Blut ab.

– Komm, komm, – im Schnellschritt lief Rebrov Richtung Sanitätsstelle.

– Vitja! Vitjenka! – Olga holte ihn ein. – Es sieht aber übel aus! Oj... Liebster... tut es sehr weh?

– Still.

Sie gingen an zwei Soldaten vorbei, die aus der Kantine kamen, liefen weiter bis zur Sanitätsstelle. Der schwarze Volga stand nicht weit. Rebrov stieg vorn ein, Olga hinten.

– Wünsche guten Tag, Genosse Oberstleutnant, – der Sergeant am Steuer ließ den Motor an.

– Tag. – Rebrov befühlte seine Lippe, – Moskau, Bolšaja Dorogomilovskaja, Nr. 42.

– Zu Befehl, Genosse Oberstleutnant, – der Sergeant legte den Gang ein, der Wagen fuhr an.

– Wie, Dorogomilovskaja? – erstaunt beugte Olga sich vor, – Wozu denn das?!

Rebrov warf ihr einen strengen Blick zu.

– Ich halts nicht aus! Ich halts nicht aus! Gott! – sie bedeckte ihr Gesicht mit Händen.

– Die Volga fließt nun mal ins Kaspische Meer, – meinte Rebrov trocken.

Während der Fahrt redeten sie kein Wort. Auf der Bolšaja Dorogomilovskaja bogen sie in einen Hof ein und hielten.

– Warte hier, – sagte Rebrov zu dem Chauffeur, schnell stieg er aus und öffnete die hintere Tür. – Bitte.

Olga kletterte mühsam aus dem Wagen und schleppte sich zum Hauseingang. Im Lift fing sie heftig zu schluchzen an.

– Olga Vladimirovna, ich bitte Sie, – Rebrov faßte ihre Hand. – Ich bitte Sie inständig.

– Wozu bloß! Warum muß ich... o Gott, ich kann nicht mehr! – sie schüttelte den Kopf. – Es ist doch alles gut... wozu denn bloß?!

– Sie wissen es nur zu gut, denken Sie an die 18 beim Auswerfen, meine Liebe, mir fällt es selbst schwer, aber wir sind jetzt schon auf halbem Weg, da ist ganz leicht ein Patzer gemacht, und alles vermasselt. Nehmen Sie sich zusammen, ich bitte Sie, machen Sie unsere Sache nicht kaputt. Wir können uns keine Schwäche erlauben. Schwäche zeigen, heißt untergehen. und die anderen draufgehen lassen. Na! – Er rüttelte sie an den Schultern.

– Ja, ja, – schluchzte Olga und nahm das Taschentuch, – Untergehen...

Sie stiegen aus dem Lift, Olga wischte sich das Gesicht ab, und Rebrov klingelte an der Wohnung 165.

– Das ist kein Befehl, sondern eine Bitte, – sagte er.

Die Tür wurde von Ivanilov aufgemacht. Er war in Unterhemd und Unterhosen, seine Füße steckten barfuß in Schlappen.

– Genau zur rechten Zeit, – er lächelte und ließ sie in den engen Flur. – Ich schaue gerade, sie übertragen die Sitzung, und Jelcin gibts ihnen...

Durch die Wohnung dröhnte ein Fernseher.

– Sie fallen über ihn her, verstehst du, und er macht sie nieder! Ho, ho... die Polozkov-Fraktion. Tee gefällig?

– Wir haben es eilig, Petr Fedorovič, – sagte Rebrov kühl, er knöpfte Olga den Uniformmantel auf.

– Wie Sie meinen. – Ivanilov schaltete den Fernseher aus, ging an die Kommode.

Rebrov hängte Olgas Mantel an die Garderobe, sie nahm die Uniformmütze ab und verschwand in dem kleinen Nebenzimmer. Ivanilov hatte eine graue Kladde aus der Kommode geholt und sie auf den Tisch gelegt.

– Und ein bißchen sorgfältiger, Petr Fedorovič, – Rebrov ging in die Küche, sah aus dem Fenster. – Wir haben heute einen äußerst schweren Tag.

– Alles klar, – mit einem Grinsen lief Ivanilov in das Nebenzimmer und sperrte die Tür hinter sich ab. Die Vorhänge in dem Zimmer waren dicht zugezogen. Auf dem schmalen Bett in der Ecke saß Olga und zog ihre Stiefel aus. In der Mitte des Zimmers stand ein alter Zahnarztsessel, über dessen Kopfteil sich ein auf einen Tisch montierter Stuhl mit einer runden Öffnung in der Sitzfläche befand.

Ivanilov zog sich flink nackt aus, legte die Sachen auf die Bettkante:

– Svetlana Viktorovna, kommen Sie, ich helfe Ihnen.

– Bleiben Sie weg! – Olga riß den Kopf herum. Er wich zurück und stellte sich neben den Sessel, immer wieder strich er sich über die Schultern. Sie zog sich ganz aus und nahm auf dem Sessel Platz. Ivanilov stieg auf den Tisch, setzte sich in den daraufmontierten Stuhl, mit dem Rücken zu Olga. Sein Hintern steckte in der Öffnung, hing über Olgas Gesicht.

– Aber nicht schnell, – meinte Olga, sich fest an die Armlehnen klammernd.

– Versteht sich... – Ivanilov drückte, ließ einen lauten, anhaltenden Furz in Olgas Gesicht. Sie öffnete den Mund, legte ihn an seinen Anus. Langsam begann Ivanilov ihr in den Mund zu kacken, er ächzte leise. Krampfhaft schluckte Olga den Kot, wobei sie mehrmals durch die Nase schnaufte. Ihre nackten Beine zitterten.

– Fertig, – murmelte Ivanilov und stand auf. Olga glitt vom

Sessel auf den Boden, verharrte schluchzend und heftig atmend.

– Das wärs, – Ivanilov kletterte vom Tisch herunter und begann sich wieder anzuziehen. – Welches Segment?

Olga gab keine Antwort.

– Na ja, dann werde ich drüben… – er zog sich fertig an und verließ das Zimmer.

Rebrov in der Küche trank Milch.

– Welches Segment denn? – fragte Ivanilov laut. Rebrov stellte das Glas ab, kam ins Zimmer:

– Das achtzehnte.

– So. Das achtzehnte. – Ivanilov zog das entsprechende Kästchen der Segmentkartei auf, entnahm eine Schablone.

– Und in zwei Exemplaren bitte.

– Gut, gut.

Aus der Kladde zog Ivanilov zwei Markierungstabellen, legte die Schablone an und fuhr sie nach.

Sich die Jacke zuknöpfend, kam Olga herein.

– Wie gehts? – Rebrov ging zu ihr hin. Sie nickte. Er zog ein Taschentuch heraus und wischte ihr die braunen Lippen ab:

– Alles wird gut.

– Erledigt. – Ivanilov räumte Schablone und Kladde weg und schaltete sofort wieder den Fernseher an. – Mal gespannt, ob er das mit dem Eigentum durchdrückt!

Olga ging sich den Mantel anziehen. Rebrov nahm die Tabellen, faltete sie zusammen, schob sie ein.

– Andererseits, die Kolchosbauern muß man auch verstehen, – Ivanilov lächelte. – Geschuftet und geschuftet, verstehst du, und jetzt – schwupp!

– Auf Wiedersehen, Petr Fedorovič, – meinte Rebrov. Er und Olga gingen. Im Lift mußte Olga sich übergeben.

– Nichts einfacher! Nichts einfacher, als dem Egoismus seinen Lauf zu lassen! – rief Rebrov. – Na los doch! Wo ist denn nun Ihr Stolz! Ihre Selbständigkeit! Demonstrieren Sie es doch! Wie Sie alle verachten! Wie Sie auf die anderen pfeifen! Na! Demonstrieren Sie es doch!

– Ich… nein… – flüsterte Olga, mit der Stirn gegen die Liftwand gelehnt.

Rebrov packte sie am Ellbogen, stieß sie aus dem Lift:

– Vorwärts! Seien Sie stolz auf sich!

Sie stiegen in den Wagen.

– Wir fahren zum Lager sechs, – sagte Rebrov und zündete sich eine Zigarette an.

– Zu Befehl, Genosse Oberstleutnant.

Als der schwarze Volga vor der Militärkommandantur vorfuhr, war es bereits dunkel. Rebrovs Wagen stand noch da. Staube und Sereža saßen schlafend aneinandergelehnt darin.

– In meinen Kofferraum umladen, dann hast du Feierabend, – befahl Rebrov dem Sergeant und stieg aus. Olga klopfte ans hintere Fenster des Žiguli:

– Ho!

Staube wachte auf, öffnete, sie setzte sich auf den Vordersitz:

– Einen schönen guten Morgen, meine Lieben.

– Wie wars? – fragte Staube mit gerunzelter Stirn.

– Bestens! – flüsterte sie freudig. – Da, schauen Sie.

Staube wandte sich um. Der Sergeant trug eine Metallkiste zum Žiguli.

– Gott sei Dank.

Rebrov warf den Kofferraumdeckel zu, setzte sich ans Steuer:

– Wünsche guten Tag, Genrich Ivanyč.

– Haben sie ihn rausgerückt? 48?

– 48, – Rebrov ließ den Wagen an. – Seid ihr nicht erfroren hier?
– Ich hab den Motor zweimal angelassen. Jetzt Moment, wie lief es mit Klokov? Und was war mit Basov? Die Abschrift gleich gefunden?
– Sofort! – Rebrov sah zu Olga, sie lachten. – Sofort!
– Und dieser Wichser Sotnikov, wollte er handeln?
Rebrov und Olga lachten noch lauter.
– Moment mal, was wiehert ihr so, erzählt genau! Muß ich zu Kovalenko fahren?
Sereža war aufgewacht und gähnte laut:
– Oooj... kalt... wo ist Olja?
– Ich bin hier, Lieber. Schlaf.
– Will was essen.
– Ja, – Rebrov wurde wieder ernst. – Essen. Wir müssen alle erstmal was zu Mittag essen. Oder genauer – zu Abend.
– Vielleicht zu Michasj? – schlug Olga vor, – Ich würde schrecklich gern in die Banja.
– Zu Michasj? Ohne anzurufen? – Rebrov wischte sich die Stirn.
– Eben gerade ohne anzurufen! – Staube zog seine Mütze auf, – Dieser Kanacke müßte Ihnen zu jeder Tages- und Nachtzeit den Arsch lecken, ohne mit der Wimper zu zucken! Fahren wir!

Im leeren Saal der Banja zwischen Marmorsäulen und Schwimmbecken saßen sie zu Tisch. Rebrov und Staube hatten Laken umhängen, Olga und Sereža waren nackt.
– Auf den Erfolg, – lallte Rebrov abgeschlafft. Sie stießen an und tranken.
– Leck mich... – Staube verzog das Gesicht, griff nach der Flasche. – Halbtrocken. Diese Fotzenhobler. He, Mann!

Der Ober kam.

– Was hast du uns da für eine Scheiße gebracht? Den Halbtrockenen kannst du dir in den Arsch schieben! Was ist, habt ihr keinen normalen Sekt?

– Verzeihen Sie, doch es wurde nur Halbtrockener angeliefert.

– Leck mich! – Staube knallte die Flasche gegen den Tisch, – Ruf Michasj her!

– Einen Moment...

– Es ist doch alles okay, Genrich Ivanyč. – Olga trank aus, stand auf und sprang ins Becken, – Sereža, komm zu mir!

Sereža hüpfte ins Wasser.

– Das ist aber... nach dem Essen... schädlich! – Rebrov drohte mit dem Finger.

– Super! – schrie Olga.

– Der kannst du Sirup mit Wasser mischen – und sie findet es auch super, – brummte Staube und biß in einen Apfel.

Olga packte Sereža am Arm und zog ihn in die Mitte des Beckens. Sereža kreischte. Michasj kam.

– Was soll das, verehrter Freund? – Staube schnippte gegen die Flasche.

– Michail Abramyč, haben Sie vielmals Vergebung! – Michasj legte seine fleischige Hand an die Brust. – Mit dem Brut ist jetzt so ein Anstrengung, alles geht in Devisenbars, uns gibt man überhaupt nichts. Möchten Sie einen »Napariuli«? Einen Gin Tonic? Likör ist bei mir ein guter. Eierlikör.

– Eierlikör? – Staube kniff höhnisch die Augen zusammen, – Drecksköter, du mieser! Siehst du nicht, wen du hier vor dir hast?! Du Arschficker?! Für was hältst du uns – für Wichser aus dem Rajkom oder für deine Knastbrüder, daß wir dieses Gesöff schlucken?! Für wen hältst du uns, du Schwein?! Antworte! – er schlug mit der Faust auf den Tisch, daß die Gläser umfielen.

– Genrich Ivanyč, – der betrunkene Rebrov hob die Hand, – aber doch nicht so… das sind doch alles… Subalterne.
– Bitte Vergebung, verzeihen Sie bitte, ich werde bringen alles sofort, was da ist, alles, was da ist! – haspelte Michasj.
– Her damit, Schwein! Alles! Alles auffahren! Alles! – Staube haute mit der Faust auf den Tisch, – Halbtrockener! Scheißkerl, hast als Kind wohl zu wenig Zucker zu fressen gekriegt?! Oder hast gedacht, wir sind ehemalige Blockadeteilnehmer? Oder ins Hirn gefickte Kriegsveteranen?! Denen mit ihren Hämorrhoidenärschen kannst du mit deinem Halbtrockenen ein Klistier verpassen, kapiert?! Denen! Aber uns… – er packte die Flasche und warf sie nach Michasj, – kannst du damit mal!

Michasj wich aus, die Flasche zersplitterte an einer Säule.
– Bravo! – Olga klatschte mit den Händen aufs Wasser.
– Hurra! – schrie Sereža, er hing an ihrem Hals.

Michasj schlüpfte aus der Tür.
– Dieses Pack! – Staubes Stimme bebte. – Gehörten sich alle aufgeknüpft! Allesamt!
– Genrich Ivanyč, Sie sind viel zu kategorisch, – Rebrov öffnete Olgas Zigarettenetui, nahm sich eine Papirossa, – Sie… oder nein… wir haben es mit Einzellern zu tun, wissen Sie, solchen Infusorien, Amoeba proteus, die ihrerseits die Nahrung abgeben für kompliziertere Geschöpfe, Krebse zum Beispiel, die dann ein Wal schluckt, und den Wal… den fallen dann kleinere Raubfische an, zerbeißen sein Maul, reißen die tranige Zunge heraus, und die Raubfische werden dann schon von Zweibeinern gefangen, auf denen parasitäre Insekten hausen. Und man muß sagen, die Distanz zwischen Infusorien und Läusen ist gewaltig… laßt uns lieber noch einen Vodka kippen.
– Viktor Valentinyč! – Staube schmiß den angebissenen Apfel weg, – entschuldigen Sie, beim Auswerfen und beim Znedo sind Sie ein Genie, aber vom Leben verstehen Sie

nichts! Dieses Infusorium fährt einen Mercedes! Dauernd holen ihm die Wichser aus dem Rajkom und dem Rajispolkom einen runter! An den Eiern aufhängen sollte man ihn, den Hurenbock, daß ihm die Pisse zu den Ohren rauskommt! Infusorium! Scheißefresser! Abgefuckter Fotzenpisser! Wie ich es hasse, dieses Breitmaulpack! Hasse! – er knallte die Faust auf den Tisch.

– Vitja! Genrich Ivanyč! Kommt zu uns! – rief Olga, – Schluß mit dem Rumgefluche!

– Eigentlich keine schlechte Idee, – Rebrov zündete sich eine Zigarette an, schnippte das Streichholz ins Schwimmbecken. – Lassen wir uns dazu verführen, Genrich Ivanyč?

– Pack! Scheißpack! – unachtsam schenkte Staube sich und Rebrov Vodka ein.

– Lassen Sie gut sein, – Rebrov nahm sein Glas. – Auf den Erfolg. Noch vor drei Tagen... war ich drauf und dran, die Sache zu begraben. Trinken Sie auf unseren Zwischenblock.

Sie tranken.

– Haa! – grunzte Staube, biß von einer ganzen Zitrone ab und kaute.

– Hilfe! Ich ertriiinke! – schrie Sereža, an Olga geklammert.

– Pssst, kleine Maus! – Olga lachte und stieß ihn weg, – schwimm, schwimm! Halt dich am Wasser fest!

Rebrov stand auf, wankte zum Beckenrand, ließ das Laken fallen und plumpste mit der Papirossa zwischen den Zähnen ins Wasser.

– Arme Kinder im Wald, wer wird den Weg ihnen weisen? – Staube spuckte die Zitrone aus, erhob sich, hüpfte, daß sein Hodensack schaukelte, – bis an Heimes Herd schallt... traurig mein Klaglied und leise... Ach, Dreckspack! – er fiel hin, kroch weiter bis an den Beckenrand, setzte sich auf und ließ den Fuß ins Wasser hängen, – so geht das Leben dahin...

Rebrov tauchte unter, tauchte wieder auf, prustete:
– Chlorbrühe…

Michasj erschien mit einem Wägelchen voller Flaschen. Hinter ihm kam ein dralles Mädchen mit einer Gitarre herein, langes Kleid und wilde Mähne.

– Na bitte, ist doch schon mal was! – grinste Staube und kratzte sich an der Brust, – schenk schon irgendwas ein.

– Was wünschen Sie?

– Ganz egal. Und wer ist das?

– Das ist Nataša, Michail Abramyč. Singt ganz wunderbar. Sie doch damals für Sie gesungen, Sie noch wissen?

Das Mädchen begann lächelnd die Saiten zu zupfen.

– Aaaa… – Staube runzelte die Stirn, während er ein Gläschen Likör entgegennahm. – Erinnere mich. »Mir träumte ein Garten im Brautgewand.« Nur heute – laß es sein. Meine Liebe, deine Stimme war wie im Arsch das Haar: bei jedem Tönchen nicht ganz rein. Und mein Hörapparat ist ein ganz exquisites Ding. Der Obrazceva hätte ich beinahe in die Visage gespuckt, und dir würde ich sie wohl gleich polieren. Also… – er nippte am Gläschen, – schmeiß deine Bandola hin, ein Glas ex und hopp, und dann krabbel zu mir. Du! Gieß ihr was ein!

Michasj schenkte ein Glas Wein ein und gab es Nataša.

– Und du verpiß dich, solang ich noch friedlich bin!

– Und wer bedient *uns?* – rief Olga, – Ich will auch Wein!

– Ich auch! – schrie Sereža.

Alle drei kamen an den Rand geschwommen, Michasj schickte sich an, sie zu bedienen.

Mit dem Glas in der Hand kam Nataša auf Staube zu.

– Zieh dich aus und nimm Platz! – er patschte mit der Hand auf den nassen Boden. Sie legte Kleid und Schuhe ab, im roten Badeanzug setzte sie sich neben Staube und ließ die Füße ins Wasser hängen.

– So läuft das nicht! – grinste Staube, – hier sind alle im

Paradies, schau uns an... – er zog sich das Laken weg, kratzte sich am Hodensack. Also verletze die Ordnung nicht, das zum zweiten. Und zum ersten, ich hab dir doch gesagt – das Glas ex und hopp!

Mit der linken Hand packte er Nataša am Genick, die rechte setzte ihr das Glas an die Lippen und zwang sie, alles zu trinken.

– Oj... so verschluck ich mich! – Nataša hustete.

– Nächste Sache! – Staube begann ihr den Badeanzug auszuziehen. Nataša half ihm.

– Hoppla! – er betatschte ihre großen Brüste, – Freunde! Seht!

– Welche Pracht! – Olga lachte und nahm einen Schluck aus ihrem Glas.

– Sie soll die Muschi zeigen! – gröhlte Sereža im Baß.

Staube machte Nataša die Beine breit:

– Schau hin! Gefällt sie dir?

– Seeehr! – gröhlte Sereža, er nippte immer wieder am Wein.

– Erregt dich das, Vitja? – Olga umarmte Rebrov.

– Ich bin satt und zufrieden... – er legte den Kopf auf die Marmorstufe.

– Also wer dann?! – Olga patschte mit der Hand aufs Wasser, – Genrich Ivanyč hat das letzte Mal vor fünf Jahren einen hochgekriegt!

– Vor sechs! – korrigierte Staube und zeigte Nataša sein langes Glied, – Siehst du, was für ein Instrument? Sechsundzwanzig Zentimeter in ausgefahrenem Zustand! Aber – das war einmal. Jetzt...

– Also wer jetzt, wer fickt sie?! – schrie Olga und patschte aufs Wasser.

– Soll der da! – Sereža deutete mit dem Finger auf den bei den Flaschen beschäftigten Michasj.

– Genau! – Staube klatschte in die Hände. – Los doch, du Kümmelstange, ausziehen!

– Aber ich bitte Sie… warum ich?
– Fang mit mir keinen Streit an, du Hurenbock! Tu, was man dir sagt!

Unwillig begann Michasj sich auszuziehen.

– Mit dem mach ich es nicht! – Nataša schüttelte den Kopf.
– Und ob du es machst! – Staube packte sie an den Haaren,
– Wirst ihm einen blasen, aber saftig. Runterschlucken inklusive, und dann noch schön danke sagen!
– Werd ich nicht! – Nataša zappelte.
– Du wirst! Du wirst! Du wirst! – Staube fing an ihr ins Gesicht zu schlagen. Sie heulte los.
– Auf die Knie, Biest! – Staube schubste sie zum nackten Michasj. – Blas ihm einen! Flott! Ich sags nicht zweimal, Fotze Ivanovna! Na! – er holte mit der Flasche aus, wobei er Likör verschüttete.

Schluchzend hockte sich Nataša auf die Knie. Michasj ging zu ihr hin, sie begann an seinem Glied zu lecken.

– Wurde auch Zeit, – Staube trank aus der Flasche.
– Was es für behaarte Männer gibt! – Olga schmunzelte.
– Ob es ihr schmeckt? – Sereža warf eine Mandarinenschale nach Nataša.
– Und ob! – Staube nickte ernst.

Der Ober kam mit Eis herein.

– Stells hin… – brummte Michasj.
– Zu mir, zu mir! – schrie Sereža.
– Und für mich! – Olga hob die Hand.
– Und für mich! – schnaufte Rebrov müde.
– Und für mich! – Staube streckte sich.

Der Ober brachte jedem ein Eis und ging.

– Das ist schon was anderes… – Staube ließ Likör in das Eisschälchen laufen, kostete. – Sehr zu empfehlen.

Olga und Sereža schwammen zu ihm hin, und er goß ihnen Likör übers Eis, er warf einen Blick zu Michasj und Nataša:

– Nicht ablenken lassen, Freunde. Zeig uns mal deinen Kotovskij.

Nataša ging zurück, Michasj drehte sich herum und zeigte sein Glied.

– Gar nicht so mickrig, die Banane! – prustete Olga betrunken.

– Ist der von Farid kleiner? – Sereža zwickte Olga in den Busen.

– Ein wirklich ordentlicher Schwengel! – Staube nickte, – Prima! Jetzt von achtern! Los!

Nataša blieb auf den Knien und beugte sich nach unten, Michasj ging von hinten rein.

– Und etwas aktiver! – feuerte Olga an.

– Was? – Rebrov hob den Kopf. – Stop! Stop! Schnell! Schnell!

Ungeschickt kletterte er aus dem Becken, rutschte aus, flog der Länge nach hin:

– Schnell! Die Ringe! Schafft die Typen da weg!

– Haut ab! Haut ab! – schrie Staube, – Dalli! Sonst setzt es was!

Michasj und Nataša rafften ihre Kleider zusammen und rannten hinaus.

– Was ist denn? Vitja? – Olga stieg aus dem Becken.

– Die Ringe! Die Ringe! – Rebrov kroch zu der in der Ecke stehenden Kiste.

– Welche Ringe? – sich mit den Armen am Boden abstützend und das Bein nachziehend, robbte Staube ihm hinterher.

Rebrov stellte die Kombination am Schloß ein, öffnete die Kiste, nahm das Ipros ab, legte den Hebel des Querschiebers um und mußte laut lachen.

– Was ist passiert? – Staube sah in die Kiste.

– Mir kam es plötzlich vor… als hätte ich vergessen, die Ringe abzuziehen…

– Du bist müde, Vitja. Es hat dich strapaziert. – Olga gab ihm einen Kuß auf die Schulter.
– Kommt vor… – Staube kroch zurück.
– Du mußt dich ausschlafen, – Olga streichelte über Rebrovs nassen Kopf. – Wollen wir nach oben? Ein Nickerchen?
– Nach oben? – er ließ seinen Kopf auf ihre Schulter kippen, – Gehen wir… aber die Kiste, die kommt mit… die kommt mit… will sie immer bei mir haben…
– Natürlich, Liebster.

Auf die Datscha kamen sie erst gegen ein Uhr mittags zurück. Olga und Sereža gingen gleich in den Fitnessraum, Rebrov und Staube in die Mechanikwerkstatt. Staube fertigte sofort den Halbring auf der Drehbank, maß ihn mit der Schublehre:
– Standard.

Rebrov öffnete die Kiste, nahm das Ipros ab, legte den Hebel des Querschiebers um und zog vorsichtig Kern Nr. 1 aus der Nut.
– Hoppla! – Staube nickte begeistert. – Die können, wenn sie müssen, die Ärsche!

Rebrov steckte den Ring auf den Kern, setzte den Halbring auf, zog an der Feder. Der Verschluß knackte und schnappte wieder ein. Rebrov setzte den Kern in die Nut, arretierte den Hebel, verstellte die Latte auf 9, streckte die Hand aus. Staube reichte ihm den Gnek, Rebrov setzte ihn in den Schlitzverschluß und begann langsam herumzudrehen.
– Sachte, sachte! – wisperte Staube.

Rebrov drehte den Gnek bis zum Anschlag, der Telmec sprang vom Block und drang in die Gleitkapsel. Staube

reichte die Nadel. Rebrov stach sie in die Endöffnung, verstellte die Latte auf 2. Die Gleitkapsel rutschte hinab auf den Paraklit. Sofort drehte Rebrov den Gnek herum und zog ihn ab.
– Gott seis gedankt! – Staube bekreuzigte sich, griff sich mit einem Seufzer ans Herz, – Oj… Ihre Tricks, Viktor Valentinyč, gehen auf die Gesundheit…
– Hervorragend, hervorragend! – Rebrov trat zum Zwischenblock, öffnete ihn, klappte die Sicherheitsvorrichtung herunter, setzte den Gnek in die Patrone, schaltete ein. Der Gnek fing an sich zu drehen, sein Kranz ging auf, das Wolframkügelchen verschwand im Stutzen.
– Dafür also wird Volksvermögen verschwendet, – Staube beugte sich über die Kiste, – Kanaillen! Aber vernünftige Prothesen kriegen sie nicht hin.
– Alles bestens, Genrich Ivanyč! – ganz erregt zog Rebrov Kern Nr. 2 aus der Nut, – lassen Sie uns nur bis an die Fundamente gelangen. Dann kriegst du auch ne Eisenbahn mit einer Prothese dran. Schleifen Sie den Halbring.

Olga stieg vom Fitnessgerät, langte sich an den Rücken:
– Schweißausbruch. Es reicht. Sereža, Schlußpfiff.
Sereža wippte auf dem »Delta«:
– Olja, ich will auch aufs »Herkules«.
– Stop! Stop! Noch zu früh für dich. Sprossenwand, Laufband, Ringe – die sind was für dich. Steig ab.
Olga faßte an seinen Rücken:
– Naß wie ein Schwamm. Drei Minuten mit dem Springseil – dann ab in die Dusche.
Als er mit dem Seilspringen fertig war, gingen sie in den Duschraum, zogen sich aus und stellten sich unter die Dusche.

– Und was kam dann, nach den UdSSR-Meisterschaften? – fragte Sereža.

– Ein Skandal. Ich kam der großen Strepetova in die Quere. Sie – sechsfache Landesmeisterin, zweifache Weltmeisterin, Olympiasiegerin, und ich – eine zwanzigjährige Göre, die erst ein Jahr zuvor die Norm für die Meisterschaftsteilnahme erfüllt hatte. Ihr Mann ein KGBler, Datscha, zwei Autos, Schmiergelder an die Föderation, das Goskomsport. Und ich – im dritten Studienjahr am miesen Lestech-Institut, ein kleines Mädchen aus Norilsk, wohne im Wohnheim, kenne in Moskau keinen einzigen, immer nur: Schießstand, Turnhalle, Wohnheim, Schießstand, Turnhalle, Institut. Aber dann gings steil aufwärts: die Spartakiade der Völker der UdSSR, kurz vor der Olympiade, sie schießt 559. Ich komme auf: 564! Neuer Landesrekord. In der Föderation haben sie sich in die Haare gekriegt: Danilin: die Pestrecova in die Olympiamannschaft aufnehmen, Komarov: zu früh, jung, keine Erfahrung, keine Komsomolzin, gefährdet die Mannschaft, moralisch labil und so ne Kacke. Bei der Abstimmung ein Patt, vertagen es um eine Woche. Die Strepetova macht Komarov eine Szene, brüllt rum: entweder ich oder sie. Sie fing an Schiß zu kriegen: sie war 29, der Höhepunkt längst vorbei, bei der letzten Weltmeisterschaft hatte sie gegen Angelika Forster vergeigt, in Rom war sie gar nicht erst unter die ersten drei gekommen... – Olga drehte das Wasser ab, nahm das Handtuch. – So war also *the situation.* Die Woche vergeht, es mußte was passieren, aber ich war irgendwie machtlos, und alles im Arsch: sie hatte Komarov die Ohren vollgeplärrt, er bearbeitet die Föderation, sie stimmen dagegen, ausgeschissen. Da war gerade Milka Radkevic aus Kiev auf der Durchreise hier, bin mit ihr ins »Metelica«, haben gesoffen, gequatscht, und sie zu mir: Oljenka, gib keinen Furz drauf, nimm eine Pulle Kognak, fahr zu Žabin.

– Wer ist das? – Sereža drehte das Wasser ab.
– Der zweite Mann in der Föderation nach Komarov. Ein schrecklicher Weiberheld, Milka hat mir alles über ihn erzählt. Er hat, als er »Dynamo Leningrad« trainierte, dort die ganze Mannschaft durchgevögelt. Na ja, ich war damals zielstrebig und mit der Olympiade sowieso, kaum dran gedacht, schon bleibt mir das Herz stehen. Ich denk, wenn sie mich nicht aufnehmen in die Mannschaft, kann mir alles den Buckel runterrutschen, ich geh aufs Land als Sportlehrerin. Ich rufe Zabin an: so und so, alles Kacke, Viktor Sergeič, ich brauche Ihren Rat. Zuerst springt er nicht drauf an, sagt: was ist mit Ihrem Danilin? Ich sage: Viktor Sergeič, Danilin ist ein erstklassiger Trainer, aber als Mensch – nicht Fisch, nicht Fleisch. Er trompetet: dann komm. Hab eine Flasche »Kamija« gekauft und bin hingefahren. Seine Frau war auf einer Versammlung, die Tochter auf der Datscha. Wir haben was getrunken, dann hat er mich gefickt: mordsdicker Pimmel, krumm, nicht in den Mund zu kriegen. Schmiert mir mit Vaseline den Arsch ein, flüstert: Oljenka, ich komme immer nur im Arsch. Steckt ihn rein. Ich schreie in ein Kissen, als würde ich abgestochen, er brüllt wie ein Stier. Hat ihn mir bis hoch in die Gedärme gestoßen, dann haben wir Sekt getrunken. Er sagt: okay, ich werde mich mit den Jungs unterhalten, und du melde dich schleunigst beim Komsomol an. Hab ich auch gemacht. Eine Woche später Abstimmung – ich bin in der Mannschaft. Na ja, über die Olympiade weißt du ja alles, – sie nahm ihren Bademantel vom Haken.
– Und dieser Zabin?
– Was soll mit ihm sein?
– Na... habt ihr nochmal gevögelt?
– Aber klar doch. Er hat mich regelmäßig gefickt. Wenn er es brauchte, hat er gleich im Wohnheim angeläutet – ringring: hier ist der Blonde, und ich hab gewartet. Fing immer vorne an, gekommen ist er hinten.

– Hats weh getan?
– Nein. Hab mich dran gewöhnt. Hab sogar gelernt, dabei zu kommen… Oh! Was ist denn das? – Olga hatte bemerkt, daß Sereža unterm Handtuch sein steifes Glied versteckte.
– Was ist denn das Unanständiges? – sie zog das Handtuch weg, faßte Sereža bei seinem Glied. – Was erlauben Sie sich, junger Mann?

Sereža schmiegte sich an sie dran:
– Olja, darf ich mal in den Popo probieren?

Sie schmunzelte:
– Rebrov hat verboten, mit dir Unzucht zu treiben.
– Ach, der soll mich mal! Also darf ich, ja?
– So groß ist die Lust?
– Mhm.

Sie nahm ihn bei den Ohren, drückte fest zu, sah ihm in die Augen:
– Wirst du petzen?
– Niemals! Aua, Olja…
– Schwörst du?
– Ich schwörs, du tust mir weh!
– Wir werden es mal glauben.

Olga verließ den Duschraum, ging hinüber in den Fitnessraum, holte aus ihrer Sporttasche eine Tube Handcreme, winkte Sereža mit dem Finger zu sich her. Sie gingen zu der Matte, die unter dem Reck lag. Olga warf den Bademantel hin, drückte etwas Creme auf die Hand und ging auf die Knie, um Sereža das Glied einzucremen:
– Das Wichtigste – nicht so schnell.

Danach cremte sie sich den After ein und legte sich bäuchlings auf die Matte. Sereža legte sich auf sie drauf.
– Höher, höher, – Olga machte die Beine breit, – Genau. Fester. Und nicht so schnell…

Sereža fing an, sich zu bewegen.

– Mein Kleiner… Mäuschen, – flüsterte Olga, die Wange an die Matte gedrückt. – Nicht so schnell…

Sereža zuckte, stöhnte schwach auf und erstarrte.

– Schon? Meine Maus…

Er rutschte von ihr herunter, setzte sich auf, befühlte sein Glied. Olga drehte sich auf den Rücken, streckte sich:

– Ooaach! Lang ists her, Olgas letzter Schwarzbohrer!

– Ich hab Durst, – Sereža stand auf und ging zur Tür.

– Bring mir eine Orange mit! – Olga nahm Schwung mit den Beinen, schlug einen Purzelbaum rückwärts und setzte sich in Lotusstellung.

Nach dem Mittagessen bat Rebrov alle in sein Arbeitszimmer.

– Ich möchte Ihre Aufmerksamkeit auf einen sehr wichtigen Umstand richten, – fing er, hinter dem Tisch sitzend und auf seine Hände starrend, an – Angelegenheit Nr. 1 ist gut verlaufen, Kerne und Zwischenblock befinden sich hier. Darum wird Angelegenheit Nr. 2 nicht am 7. Januar durchgeführt, sondern am 31. Dezember.

– Aber das wissen wir doch längst! – Staube zuckte die Achseln.

– Richtig. Doch etwas anderes wissen Sie nicht, – Rebrov schlug eine Kladde auf, entnahm ihr ein vergilbtes Blatt Papier und begann vorzulesen:

»Es muß Schluß gemacht werden mit aller opportunistischen Gutmütigkeit, die von der fälschlichen Annahme ausgeht, daß mit Zunahme unserer Kräfte der Feind gleichsam steroknepri immer zahmer und harmloser wird. Eine solche Annahme ist im Kern steroknug falsch. Sie ist ein Überbleibsel rechten Abweichlertums, welches allen und jedem versichert, daß die Feinde ganz allmählich zum Sozialismus überwandern, daß sie letztendlich steroul auf-

richtige Sozialisten werden. Es kann nicht Sache der Bolschewiki sein, auf den Lorbeeren sterosuccep auszuruhen und Maulaffen feilzuhalten. Wir brauchen keine Gutmütigkeit, sondern Wachsamkeit, echte bolschewistische revolutionäre steropristos Wachsamkeit. Man darf nicht vergessen, je hoffnungsloser die Lage der Feinde ist, desto eher werden sie zum ›äußersten Mittel‹ greifen, als einziges Mittel der zum Untergang Verdammten in ihrem sterozavunes Kampf gegen die Sowjetmacht.«
– Was… ist das? – fragte Olga vorsichtig.
– Aus einem Aufruf des ZK der KP (b) an die Parteiorganisationen, 2. Dezember 1934. Korrekturen vorgenommen am 2., 18. und 21. Dezember 1990. Und weiter:
»Dezember, Dienstag 22/4 der Märtyrerin Anastasija-aus-den-Fesseln (Ok. 304). Der Märtyrer Chrisogon, Feodotija, Evod, Evtichian und andere (Ok. 304). Hebr., Perik. 333, XII, 25-26; XII, 22-25. Mk., Perik. 43, X, 2 – 12.« Korrektur am 21. Dezember 1990.

Rebrov legte das Blatt in die Kladde zurück, seufzte und wandte sich zum Fenster ab.

Nach längerer Schweigepause stieß Staube seinen Stock auf den Boden:
– Nicht alles hängt von uns ab, Viktor Valentinyč! Keiner kann über seinen Schatten springen. Was wir tun können – tun wir, sind bemüht, nichts falsch zu machen. Jeder bemüht sich, soweit er kann: Oljenka und Sereža, und Sie und ich. Jeder gibt sich her bis aufs Blut. Ich spreche nicht von Nachsicht, sondern von Grenzen. Von Möglichkeiten. Von sich und von uns das Unmögliche zu fordern, Viktor Valentinyč, das ist, ich werde es Ihnen sagen… – der Alte schüttelte den Kopf, – sinnlos und schädlich. So kann man die Sache auch kaputtmachen. Als ich damals das Treibhaus in Brand gesteckt habe, habe ich zuerst alles mit Benzin übergossen, und wissen Sie, ich war nicht zu bequem, die Kartothek aus

dem Schrank zu reißen und dann noch das Archiv von Golubovskij. Habe die ganzen Kladden ausgeleert, die Kanister drübergekippt, plötzlich sehe ich ein bekanntes Foto. Hebe es auf, es ist Rutman. Im Russenhemd, mit dem Abzeichen und mit den Achsteilen. Bleckt die Zähne wie ein Zebra. Auf der Rückseite oben in der Ecke: »4. Juli 1957, Rylsk«. Und in der Mitte: »Dem lieben Svetozar von Ilja, Seva und Andrej am Tag des Probelaufs«. So.

– Nicht möglich.

– Und ob, mein Bester. Und dazu ein fetter Ordner mit Dokumentation: Rechenschaftsberichte, Tabellen, Grafiken.

– Und Sie haben es verbrannt?

– Natürlich!

Rebrov griff nach einer Papirossa, zündete sie sich an.

– Mein seliger Vater hat immer gesagt: Tanz auf dem Dach, aber wisse, wo die Grenze ist.

– Bei unserer Sache, Genrich Ivanyč, gibt es keine Grenze, dafür Fallgruben. Und man muß aufpassen, daß man sie rechtzeitig bemerkt. Dazu ist es notwendig, vielerlei zu beherrschen. Ich habe euch dieses Dokument nicht vorgelesen, um euch einen Schreck einzujagen, sondern der Sache wegen. Der 7. Januar wird nicht etwa auf den 31. Dezember verlegt, weil beim Auswerfen die Zwischenspanne herausgefallen ist, sondern wegen des Znedo. Ausschließlich wegen des Znedo.

– Meines Erachtens haben wir das alles längst kapiert, – Olga gähnte. – Ich weiß schon lang Bescheid.

– Ich auch! – Sereža schlug sich auf die Schenkel. – Das mit Denis weiß ich noch alles! Ich schwörs, Pionierehrenwort!

– Brüste dich nicht zu früh! – Staube fuchtelte mit der Hand, er erhob sich, wobei seine Prothese knarzte, und ging zum Fenster, – Wissen Sie, Viktor Valentinyč, ich habe die Bücher bezüglich Anna Achmatova aufmerksam gelesen...

– Die, die ich Ihnen gegeben hatte?
– Ja. Genau die... – Staube seufzte, stützte sich auf den Stock. – Ich habe sie gelesen und begriffen, daß Anna Andreevna Achmatova sich überhaupt nicht eignet für uns.
– Wieso?
– Weil... – Staube schwieg, schüttelte den Kopf, dann stieß er plötzlich den Stock auf den Boden. – Ja, weil... das ist doch, mein Gott! Wie kann man nur?! Was soll das?! Wieso wieder diese Greuel?! Diese Niederträchtigkeit?! Ich kann sowas nicht, ich kann nicht... Scheusale! Scheusale! Und Sie schieben mir das unter! Das sind doch keine Menschen! Scheusale! Scheusale! Pack! Die... die solche sind fähig, einen mit Fleischerhaken zu zerfetzen.
– Was... was soll das? – Rebrovs Miene verfinsterte sich in Unverständnis.
– Ach, nichts weiter! Man muß einfach ein anständiger Mensch sein und kein Arschloch! Ich hasse die! Aufknüpfen würde ich die ohne Gnade! So einen Verrat zu begehen! So den Menschen zu schaden! Braten würde ich die bei lebendigem Leib und dann den Schweinen verfüttern! Ihnen in die Fresse scheißen!
– Was faseln Sie da?
– Ich fasele nicht! Ich habe einiges gesehen im Leben! Habe gesehen, wie sie Kinder – an den Beinen und gegen eine Birke! Habe gesehen, wie sie Frauen aufgehängt haben! Wie ein Traktor über die Leichen fuhr! Für mich, verehrte Freunde, sind solche Begriffe wie Wohlanständigkeit, wie... ja, ja! Keine leeren Worte! Ich weiß, was das ist, eine unschuldige Seele!
– Redet er vom Faden? – fragte Sereža.
– Gesindel! Schweine! Lumpenpack! Könnte sie an die Wand klatschen! Den Hals voll Blei pumpen!
– Aufhören! Stop! – Rebrov schlug mit der flachen Hand

auf den Tisch. – Erklären Sie uns gefälligst, woher Sie das alles haben! Wie konnten Sie die Norp lesen?

– Mit meinen Augen! Mit denen hier! 73, 18, 61, 22! Schwarz auf weiß!

– 78, 18, 61, 22, – murmelte Rebrov.

– Wieso 78?! 73, nicht 78!

– 78 und nicht 73. Schreibfehler.

– Wie, Schreibfehler?

– Also, wahrscheinlich hat die Matritze nicht richtig durchgepaust, und aus der 8 wurde eine 3.

– Leck mich! Wissen Sie genau, daß es 78 ist?

– Hundert Prozent, Genrich Ivanyč.

– Tfuu, leck mich! – Staube spuckte aus.

– Ja. 78, 18, 61, 22, – Rebrov drückte den Zigarettenstummel im Aschenbecher aus, – Anna Andreevna Achmatova ist eine große russische Dichterin, eine rechtschaffene, grundanständige Frau, die ihre reine Seele durch die schrecklichen Jahre des Bolschewismus hindurchgerettet und damit eine staatsbürgerliche Heldentat vollbracht hat, die der russischen Intelligenzija zum Ruhme gereicht. Rußland wird dies niemals vergessen. So ist das. Und jetzt zu den laufenden Angelegenheiten. – Er nahm das Glas Wasser vom Regal, in dem die Eichel schwamm. – Das Exponat ist jetzt reif, sozusagen: die Ränder zerfasert, Veränderung der Färbung und so weiter. Olga Vladimirovna, nehmen Sie einen sauberen Teller, schneiden Sie die Eichel wie einen Pilz in dünne Scheiben, legen Sie diese auf den Teller – und in den Ofen damit bei niedrigster Temperatur. Bei niedrigster. Die Klappe offenlassen, damit sie nicht braten, sondern trocknen. Sobald sie durchgetrocknet sind, nehmen Sie diesen Mörser hier und zerstoßen sie. Danach rufen Sie mich. Alles klar?

– Ja, – Olga nickte, – Genrich Ivanyč, Ihren Verband muß ich heute wechseln.

– Hab ich ganz vergessen! – Staube lächelte, – Da sieht man mal – es tut gar nicht weh.
– Jetzt. Fleischwolf und Saftpresse? – fragte Rebrov.
– Wir haben sie doch vorgestern gemeinsam getestet. Es funktioniert alles.
– Stellen wir einen Tannenbaum auf? – fragte Sereža.
– Da kannst du dich drum kümmern. Nimm eine Säge, fälle einen in der Nähe. Nur keinen so großen.
– Was heißt das?
– Deine Größe. Und Olga Vladimirovna hilft dir, ihn aufzustellen.
– Vitja, wir haben nur noch eine einzige Flasche Sekt.
– Das reicht, – Rebrov legte einen Packen mit Heftklammern zusammengehefteter Blätter vor sich hin. – Morgen um zwölf ist Auswerfen. Das letzte in diesem Jahr. Ich bitte das nicht zu vergessen. Und jetzt könnt ihr gehen.

Am 31. Dezember um elf Uhr abends kam Rebrovs Wagen hupend auf das Datschagelände gefahren. Die Haustür wurde aufgerissen, Rebrov rannte die Stufen hinunter, lief über den geschippten Weg zum Wagen. Er trug einen dunkelblauen Anzug mit Weste, in der Hand einen Strauß Rosen. Aus dem Wagen stiegen Olga, Sereža und eine ältere Frau in einem altmodischen Wintermantel.
– Vitenka! – rief sie.
– Mama! – Rebrov lief auf sie zu, umarmte und küßte sie, – Meine Liebe… endlich… die sind für dich.
– Mein Gott! Rosen im Winter… ich habe mich verspätet!
– Macht nichts, Mama. Bei uns ist alles bereit.
– Der Zug hatte eine Stunde Verspätung, – sagte Olga, während sie eine Tasche aus dem Kofferraum holte, – Beinahe hätten Aleksandra Olegovna und ich uns verfehlt.

– Ja, ja! – die Alte lachte, – Ohne Abenteuer geht es bei mir nicht ab! Na ja, Gott sei Dank! Vitenka, du hast dir ja gar nichts übergezogen? Liebling, du wirst dich erkälten.

– Laß nur, Mama. Gehen wir, der Tisch ist längst gedeckt.

Sie gingen zum Haus.

– Ach, wie schön es bei euch ist! – Aleksandra Olegovna seufzte. – Dieser Wald, diese Stille. Nach der Zugfahrerei... stell dir vor, nicht einmal Tee wurde mir gebracht!

– Hauptsache – du bist da. Wie fühlst du dich?

– Wunderbar, wunderbar, Vitenka. Ich bin so glücklich! Du hast so nette Freunde, Olenka, Sereža... ach, und dieses Haus!

Sie stiegen die Stufen hinauf, traten in die Diele.

– Wann ist es gebaut worden? Vor dem Krieg?

– 49, Mama, – Rebrov half ihr aus dem Mantel.

Staube erschien, im Frack.

– Mama, darf ich vorstellen: Genrich Ivanovyc Staube.

– Herzlich willkommen, Aleksandra Olegovna, – Staube küßte ihr die Hand.

– Danke, Genrich Ivanovič! Ich freue mich, Sie kennenzulernen, Vitja hat mir viel von Ihnen geschrieben.

– Und wieviel ich erst von Ihnen gehört habe! – Staube hielt lächelnd ihre Hand. – Es vergeht kein Tag, an dem Viktor Valentinovič nicht seine Mutter erwähnte!

– Er mag mich ja erwähnen, aber mit Briefen nicht eben verwöhnen! – Aleksandra Olegovna drohte Rebrov mit dem Finger. – Einmal im Monat, nicht öfter!

– Ich gebs zu, ich gebs zu, – Rebrov beugte das Haupt.

– Keine Sorge, Aleksandra Olegovna, wir werden ihn schon noch erziehen! – Staube bot ihr den Arm.

– Das hoffe ich sehr! – die Alte hakte sich bei ihm unter.

Sie gingen hinüber ins Wohnzimmer. In der Mitte stand der gedeckte Tisch, beim Fenster brannte ein mit bunten Lichtchen geschmückter Tannenbaum.

– Ach, wie zauberhaft! – Aleksandra Olegovna hielt inne, – Meine Freunde, wie schön es bei euch ist! Vitja, ich bin so glücklich!
– Ich bin auch glücklich, Mama, – Rebrov küßte ihr die Hand. – Wie schön, daß du gekommen bist.
– Wir haben uns solche Sorgen um Sie gemacht, daß wir jetzt schrecklich hungrig sind! – Staube schmunzelte, er ging zum Tisch und zündete den Kerzenleuchter an. – Sie auch, hoffe ich?
– Und wie! Wenn ich eine solche Tafel sehe! Herrlich! Na, na, na! – sie hob den Finger, – hier fehlt genau noch das, was ich mitgebracht habe! Vitja, errätst du es?
– Preßkaviar? Gedörrter Störrücken?

Sie schüttelte den Kopf:
– Diese Köstlichkeiten sind in Saratov schon seit langem nicht mehr zu haben. Gebt mir bitte meine Tasche.
– Hier, Mama.

Aleksandra Olegovna holte ein Einwegglas aus der Tasche, nahm den Deckel ab, reichte es Rebrov.
– Krebsschwänze! – rief Rebrov, – Krebsschwänze in Weinsoße! Nicht zu fassen! Genrich Ivanyč, erinnern Sie sich, ich habe Ihnen davon erzählt? Olga Vladimirovna! Sereža! Wo sind sie?
– Ziehen sich um, – Staube nahm ihm das Glas aus der Hand, schnupperte, – Oh! Wahnsinn!
– Es ist die Lieblingsvorspeise meines verstorbenen Mannes, Vitjas Vater Valentin Evgrafovič. Es gab Zeiten, da wurden Krebse bei uns in Saratov an jeder Ecke verkauft, wie Sonnenblumenkerne. Heute ist es eine Delikatesse wie Kaviar!
– Mama, das ist einfach unglaublich! Das ist meine Kindheit. Abends, die Terrasse, Vater, Anatolij Ivanovič, Zoja Borisovna… Miša. Lebt er noch?
– Michail Matveič? Freilich! Sie haben eine neue Wohnung

bekommen über der Brücke, Ninočka hat geheiratet, er erwartet einen Urenkel. Ganz viele Grüße an dich.

– Danke.

Olga und Sereža kamen herein. Sie trug ein langes Abendkleid aus dunkelviolettem Samt, Sereža hatte ein weißes Seidenhemd an mit einer riesigen gold-schwarzen Schleife, schwarze Reiterhosen mit eingewebtem Goldfaden, weiße Kniestrümpfe und schwarze Lackschuhe, besprenkelt mit silbernen Sternchen.

– Ach, wie zauberhaft! – Aleksandra Olegovna schlug die Hände zusammen. – Was hast du für eine Frau, Vitja! Olenka, Sie sind bezaubernd schön, Sie sehen Greta Garbo so ähnlich, besser gesagt – Sie sind noch schöner, graziöser, femininer! Und Sereža! Ein junger Prinz! Thronfolger!

– Und ich? – Staube nahm würdevolle Haltung an.

– Sie – sind ein Baron, Herr eines prächtigen Schlosses bei Moskau!

– Mehr nicht? – Staube hob die Brauen.

Alle lachten.

– Herrschaften, zu Tisch! – Rebrov klatschte in die Hände.

– Zu Tisch! – Sereža machte einen Hüpfer und drehte eine Pirouette.

– Mit Vergnügen! – Aleksandra Olegovna lächelte.

Sie setzten sich. Rebrov schenkte den Damen Wein ein, Staube und sich Vodka, Sereža Orangensaft.

– Freunde… – begann Rebrov, doch Staube hob sein Glas:

– Nein, nein, Viktor Valentinic. Gemäß dem Recht des Hausherrn bitte ich als erster ums Wort.

Vitja, beuge dich! – riet Aleksandra Olegovna.

Rebrov beugte sein Haupt.

– Freunde, – hob Staube an, – heute ist wahrlich ein wundervoller Abend: Ich, Minister des Mittleren Maschinenbaus in den ruhmreichen Zeiten der Stagnation, heute in Pension mit Sonderbezügen, fühle mich von einer ganzen

Wagen-ladung Glück überschüttet, verstehen Sie. Für einen alten Mann wie mich, Genossen, ist das zuviel!

Alle lachten.

– Nein wirklich, urteilen Sie selbst: Ich würde jetzt bei mir zu Hause auf dem Kutuzovskij sitzen mit meiner Hausangestellten, mit Marja Michajlovna, still vor mich hin essen, Fernsehen schauen. Um zwölf würde ich mit ihr anstoßen mit Sekt – angewärmtem, um sich den Hals nicht zu erkälten, und um eins würde ich schon an der Matratze horchen...

– Gestatten Sie, Genrich Ivanyč: und die Dienstkollegen, die Freunde aus der Jugendzeit?

– Aaa, jene hab ich nicht, und diese sind fern. Sie müssen wissen, Aleksandra Olegovna, wirkliche Freunde aus der Jugendzeit hatte ich nur drei: Einer ist im Krieg umgekommen, der andere bei Berija im Verhör, der dritte starb vor drei Jahren an einem Herzinfarkt. Doch nicht davon soll heute die Rede sein. Sondern davon, daß einem rechten Mann der rechte Platz gebührt. Und damit komme ich zum Hauptteil meiner Ansprache. Aleksandra Olegovna, Dank sei Ihnen für Ihren Sohn. Von mir persönlich und vom gesamten Ministerium für Mittleren Maschinenbau. Ein anständigerer, ehrlicherer, professionellerer Mitarbeiter aus der jungen Generation ist mir nicht bekannt. Und ich sage Ihnen ganz direkt: Hätten mich die Gorbačevler nicht vor vier Jahren in Rente geschickt – Viktor wäre jetzt mein erster Stellvertreter. Kein Zweifel! Obgleich, ich bin überzeugt, er schafft es auch ohne mich bis ganz nach oben. Alle Voraussetzungen dazu hat er.

– Genrich Ivanyč! – Rebrov schüttelte den Kopf. – Was sagen Sie da über mich...

– Du sei still. Es geht hier nicht um dich.

– Bin schon still!

Alle lachten.

– Es geht hier, Genossen, um die bezaubernde Aleksandra Olegovna Rebrova, die heute zu Silvester aus Saratov hierher zu uns gekommen ist! Ein solches Geschenk hat uns lange niemand gemacht! Deshalb, der erste Toast: auf die Gesundheit von Aleksandra Olegovna!

– Hurra! – schrie Sereža.

Alle stießen mit Aleksandra Olegovna an und tranken.

– Ach, ein wunderbarer Wein! – die alte Frau stellte das halbleere Glas vorsichtig auf den Tisch zurück, – doch die Vorspeisen sind, glaube ich, noch besser!

– Freunde, greift zu! – Staube stopfte sich die Serviette in den Hemdkragen, – wir sind alle schrecklich hungrig!

Sie aßen eine Zeitlang schweigend.

– Aleksandra Olegovna, stimmt es, daß Sie auf dem Eis über die Volga gelaufen sind? – fragte Sereža.

– Über den Ural, Sereženka, – die Alte lächelte.

– Und waren da schon Risse?

– Ja. Das Eis hat geknackt unter mir. Ich bin hinübergelaufen, und am nächsten Tag war das Eis schon in Bewegung!

– Wann war das? – fragte Olga.

– 44. Am Abend zuvor hatten wir meinen Geburtstag gefeiert, wir saßen bis in die Nacht, und ich bin morgens eine halbe Stunde zu spät aufgestanden, hatte den Bus verschlafen, der uns immer über die Brücke ans andere Ufer des Ural brachte. Zu jener Zeit, Sereža, gab es in allen Betrieben die Zwanzig-Minuten-Regel: Wenn sich jemand mehr als zwanzig Minuten verspätete, wurde er verhaftet und verurteilt. Und da bin ich schnurstracks losgerannt, denn mit sechsundzwanzig zum zweiten Mal sitzen, dazu hatte ich keine Lust.

– Sechsundzwanzig? Wie ich! – meinte Olga, – was war das für ein Betrieb?

– Ein Hospital.

– Und das erste Mal – weswegen mußten Sie da sitzen? – fragte Sereža.

– Freunde! – Staube hob sein Glas, – unter uns befindet sich ein Mensch mit bemerkenswertem Schicksal. Wer ist dafür, daß Aleksandra Olegovna uns aus ihrer Biographie erzählt? – ich bitte die Gläser zu erheben!

– O Gott, meine Biographie! – die Alte lachte, während sie mit allen anstieß, – ich bin gar nicht vorbereitet!

– Bitte, bitte!

– Wir bitten darum!

– Mama, erzähl.

– Na gut... dann werde ich mir zuerst einmal Mut antrinken!

Sie tranken.

– Nun denn, meine Lieben, – Aleksandra Olegovna wischte sich den Mund mit der Serviette ab. – Ich hatte, gelinde gesagt, kein einfaches Leben. Ein einziges Auf und Ab. Ich kam 1918 in Moskau auf die Welt in der Familie eines Oberst der zaristischen Armee, Oleg Borisovič Rebrov. Meinen Vater kenne ich nur von Fotografien, aus Erzählungen von Mutter und meinem älteren Bruder. Er wurde von den Bolschewiki erschossen, als ich drei Monate alt war. Meine Mutter, Lidija Nikolaevna Gorskaja, war die Tochter eines bekannten Augenarztes, Professor Nikolaj Valerianovič Gorskij, dank dessen unsere Familie in den Jahren des Kriegskommunismus überleben konnte. Bei ihm waren Sverdlov, Trockij, Kalinin, die Krupskaja in Behandlung. Er half ihnen den Klassenfeind besser zu sehen. Dafür gaben sie uns Lebensmittel und überließen uns sogar ein Haus in der Povarskaja, die dann umbenannt wurde nach irgend so einem Banditen Vorovskij. Der Familie ging es gut. Großvater starb 1925, und sofort wurden wir auf die Straße gesetzt. Mein Bruder Aleša flüchtete über die polnische Grenze nach Paris. Uns nahm ein Armeekamerad meines Vaters auf, der seinerzeit zu den Bolschewiki übergelaufen und bei ihnen Militärfachmann geworden war. Bald machte er meiner Mutter einen Antrag, und sie heirateten. Soweit ich noch weiß, hat Mutter Ivan Ivanovič nicht geliebt, obgleich er sie sehr liebte und mich liebevoll behandelte. Alles ging gut bis 38: Ich hatte die Aufnahme an die medizinische Fakultät bestanden, das dritte Studienjahr absolviert, Mutter betätigte sich als Übersetzerin, mein Stiefvater diente als Oberst im Generalstab. Am 3. Mai kam ich aus dem Institut nach Hause und sah NKWDler in unseren Sachen wühlen. Alle Bücher lagen auf dem Boden verstreut, und diese sauberen Burschen liefen drüber wie über einen Teppich. Sie teilten mir mit, daß mein Stiefvater verhaftet sei. Ich fragte: Wo ist meine Mutter? Sie sagten, Mama hätte sich bei der Verhaftung von Ivan Ivanovič zu sehr aufgeregt, ihr sei schlecht geworden, sie hätten den Krankenwagen gerufen, und der hätte sie mitgenommen. In Wirklichkeit hatte einer dieser Mistkerle, als er in ihren Sachen ein Medaillon mit Haaren meines Vaters fand, die Haare herausgeschüttelt. Und zu Mama gesagt: hebst jeden Dreck auf. Sie hatte ihm eine Ohrfeige gegeben, worauf er ihr den Revolvergriff an den Kopf schlug. Ich rannte zu Fuß ins Sklifasovskij-Krankenhaus, aber da lag Mama schon im Sterben, verlor immer wieder das Bewußtsein. Das Schläfenbein war zertrümmert, sie brachten sie zur Operation, und auf dem Operationstisch ist sie ihnen gestorben. »Verlust des Bewußtseins, nachfolgender Sturz und Schädeltrauma.« So stand es im Totenschein. Tja, meine Lieben. Mama wurde beerdigt. Mich schloß man aus dem Institut aus. Gleich nach der Beerdigung kam die Hausverwaltung mit einem Polizeibeamten, zeigten eine Bestimmung über »bessere Wohnraumnutzung« vor. Die Familie eines Heizers wurde bei mir einquartiert. Freunde rieten mir nachdrücklich, Moskau zu verlassen. Ich hörte nicht auf sie. Am 6. Juni kamen sie mich holen. Ljubjanka. Einen Monat lang haben sie mich gequält. Ich habe nichts unterschrieben. Artikel 58, Punkt 11. Zehn Jahre. Danach – Fahrt im Gefangenenwaggon nach Kotlas. Deportation. Wir wurden zuerst gleich in die Banja gebracht, und dort im Vorraum hing ein großer alter Spiegel. Alle stürzten hin, ich auch. Und was sehe ich: ein Haufen nackter Frauen, entkräftete Gesichter, alle drängen sich davor, aber mich kann ich überhaupt nicht entdecken, ich finde mich nicht! Und plötzlich erblicke ich meine Mutter. Sie blickt mich aus dem Spiegel an. Ich fahre mit der Hand übers Gesicht – und sie auch. Ich fasse an die Haare – sie ebenfalls. Seit der Zeit meide ich es, in den Spiegel zu sehen. Dann – Lager. Anfangs war es grauenhaft anstrengend, ich bin beim Arbeitsdienst beinahe gestorben. Und plötzlich kommt in der Kantine ein Freund meines Vaters auf mich zu, Sergej Appolinarievič Boldin, ein ehemaliger Regimentsarzt. Er holte mich in die Sanitätsabteilung als Krankenschwester, hat mich vor dem Tod gerettet. Und nach etwa drei Jahren hatte ich unglaubliches Glück: Meine Sache wurde noch einmal durchgesehen, und man ließ mich frei »aus Mangel eines Verbrechenstatbestands«! Aus dem gesamten Lager kamen noch ungefähr zwanzig frei. Das war, nachdem sie Ežov erschossen hatten und Berija an die Macht gekommen war. Wir fuhren nach Moskau und beteten für Berijas Gesundheit. Trotzdem bekam ich für die Hauptstadt keine Aufenthaltserlaubnis, ich hatte kein Zuhause und vor allem nichts, wovon ich leben konnte. Ich fuhr nach Gurev, zu Tante Veronika. Sie arbeitete als Chirurgin im Hospital, nahm mich als Assistentin. So verlebte ich den ganzen Krieg im staubigen Gurev. Verkehrte mit deportierten Intelligenzlern, Kasachen und Kasachinnen. Es gab dort viel Fisch, aber wenig Mehl. Ich aß Kaviar löffelweise und träumte von Brot. Aß Pferdefleisch.

– Schmeckt das? – fragte Sereža.
– Weiß ich nicht mehr. Damals war das ganz egal. Der Krieg war zu Ende, Tante Veronikas Sohn Valentin kam von der Front zurück. Wir haben uns gleich ineinander verliebt und ziemlich bald geheiratet. Das Familienleben währte nicht lang: Am 9. November 1948 wurde ich erneut verhaftet. Dann – Valentin. Ich war im sechsten Monat schwanger und blieb diesmal nicht so standhaft: Ich unterschrieb alles. Ihre ganzen Lügenmärchen. Überhaupt, das zweite Mal war sehr schwer. Sehr. Ich hatte Sorge um das Kind, doch o weh, es half nichts: es wurde tot geboren. Lager in Mordovija. Und wieder war das Glück mir hold: ich kam in der Näherei unter. Hmja. Jetzt wird ja viel über die Lager geschrieben, freilich gibt es Publikationen, die sehr wahrheitsgetreu sind, aber ich sage euch: das Leben im Lager sich vorzustellen, ist nicht möglich. Deshalb erzähle ich auch ungern vom Lager. Nicht weil es mir unangenehm wäre oder schmerzhaft, nein. Es ist schlicht und einfach – sinnlos. Ich wurde im Herbst 1954 entlassen. Kehrte nach Gurev zurück. Schlief tagelang. Dann machte ich mich nach Igarka auf – zu Valentin, der dort im Lager saß. Die Tante hatte auf dem Bazar gedörrten Störrücken gekauft, Preßkaviar, Honig, Nüsse, hatte Brötchen gebacken. Wir sitzen abends da und packen alles in den Rucksack, plötzlich klopft es an der Tür. Die Tante geht aufmachen – und kommt nicht wieder. Ich habe gerufen – sie gibt keine Antwort. Ich stehe auf, gehe ihr nach. Und was sehe ich – sie steht da und hält Valentin umarmt. Es stellte sich heraus, man hatte uns an ein und demselben Tag entlassen... – Aleksandra Olegovna wischte sich die Tränen aus den Augen, seufzte einmal tief und kam schnell zum Schluß. – Und ein Jahr darauf brachte ich diesen jungen Mann hier zur Welt!
– Ja! – Staube nickte. – Jetzt weiß ich, von wem Viktor seine Zielstrebigkeit hat.

– Sie haben Viktors Vater nicht gekannt, Genrich Ivanovyc! – Aleksandra Olegovna drohte ihm mit dem Finger, – ziehen Sie keine voreiligen Schlüsse!

Alle lachten.

– Lassen Sie uns auf die Familie Rebrov trinken! – Olga erhob das Glas. – Sie sind alle wahre Helden. Ich habe zugehört, und… ich… weiß einfach nicht, was ich sagen soll. Sie sind eine Heldin, Aleksandra Olegovna. Gott schenke Ihnen Gesundheit.

– Danke, meine Liebe, – die Alte trank ihren Wein aus, – im Grunde gibt es solche Schicksale in Rußland millionenfach. Bei mir ist alles noch gut ausgegangen.

– Viele, viele zerstörte Leben, ungesetzliche Repressalien, – Staube seufzte, – aber wenn man vom NKWD spricht, da hat nicht nur Abschaum gearbeitet. Da gab es auch rechtschaffene Leute.

– Mir sind keine begegnet, – meinte Aleksandra Olegovna leise.

– Schon Viertel vor zwölf! – rief Sereža mit einem Blick auf die Uhr.

– Sekt! Wo ist der Sekt?

– Wir müssen den Fernseher einschalten!

– Aber schnell!

– Keine Panik, Freunde, keine Panik! – Rebrov erhob sich und ging zu Aleksandra Olegovna, – Mama, wir haben ein Geschenk für dich, das du noch im ausgehenden Jahr 1990 bekommen sollst.

– Was denn für ein Geschenk?

– Es ist ganz wichtig, Aleksandra Olegovna! – Olga stand auf, – unbedingt noch jetzt!

– Keine Hektik! – Rebrov stellte sich hinter die Alte, – Mama, mach die Augen zu.

Die Alte schloß die Augen. Olga nahm sie bei der linken Hand, Staube bei der rechten. Rebrov zog einen

Würgedraht aus der Tasche, legte die Schlinge Aleksandra Olegovna um den Hals.
– Halt, nicht kitzeln! – sie lachte.
– Hopp! – gab Rebrov das Kommando und zog ruckartig die Schlinge zu.

Aleksandra Olegovna begann unruhig hin und her zu zappeln, röchelte.
– Die Hände, die Hände! – brummte Rebrov.

Olga und Staube hielten die Alte fest. Ihr Kopf zuckte schwach, der rechte Fuß begann gegen das Tischbein zu schlagen. Das Geschirr klirrte, ein Glas fiel um.
– Festhalten! – zischte Rebrov.

Die Schläge des Fußes wurden schwächer, Aleksandra Olegovna entfuhr ein Darmwind. Ein Zittern ging durch den Körper, dann wurde er schlaff. Nach einigen Minuten löste Rebrov den Würgedraht.
– 18 und 6, – Sereža grinste, – Papierkugeln auf die Bären. Und ein Brötchen.
– Ausgefurzt die Alte... – Staube verzog das Gesicht.

Rebrov nahm den Würgedraht ab. Sie legten die Leiche auf den Boden.
– So. Jetzt bitte einen Moment Aufmerksamkeit, – Rebrov richtete sich auf. – Als erstes, alle umziehen. Zweitens, bei der Zerteilung der Leiche daran denken, keiner stört den anderen. Und drittens, Herrschaften, von unserer Genauigkeit, Professionalität, Ruhe bei der heutigen Angelegenheit hängt alles ab. Versuchen Sie das zu begreifen. Bisher läuft alles nach Plan, wir sind auf dem richtigen Weg, die Umstände sind günstig für uns. Abzubrechen haben wir nicht das Recht. Bewegung.

Sie zogen weiße Kittel an, Gummihandschuhe, schleiften die Leiche in das geräumige Badezimmer und sperrten sich ein. Hier war alles hergerichtet für die Arbeit: Instrumente, Behälter, Geräte.

Sie zerteilten die Leiche. Die blaue lange Unterwäsche von Aleksandra Olegovna war mit frischem Kot verschmutzt.

– Nicht bloß gepupst! – Sereža grinste.

Rebrov und Olga schnürten die Beine der Leiche zusammen und hängten sie mit Staubes Hilfe kopfüber an den Haken, der in der Decke über der Wanne festgemacht war. Sereža stellte den Zehnliterbottich in die Wanne. Rebrov schaltete die Elektrosäge ein, schnitt der Leiche den Kopf ab, ließ ihn in die von Olga bereitgehaltene Zellophantüte fallen. Das Blut aus dem Hals strömte in den Bottich.

– Olga Vladimirovna, Sereža, – sagte Rebrov, während er die Kanne genauer hinrückte, – verbrennt die Kleider und die Sachen im Kamin. Die Ausweise auf meinen Schreibtisch. In einer halben Stunde seid ihr wieder hier.

Olga und Sereža packten die Kleider zusammen und gingen.

– So. Der Kopf, – Rebrov drehte sich zu Staube um. Dieser reichte ihm die Tüte. Rebrov nahm den Kopf heraus, legte ihn in die flache Emailleschüssel, schaltete die Elektrosäge ein und zersägte den Kopf der Länge nach. Staube nahm eine Kopfhälfte, legte sie in die Presse, drückte auf den roten Knopf. Die Presse lief an und begann die Kopfhälfte langsam zu zerdrücken. Staube stellte den Dreiliterbottich unter die Ausflußrinne. Die herausgepreßte Flüssigkeit lief in den Bottich. Rebrov wischte die Preßrückstände in einen Eimer und legte die andere Kopfhälfte in die Preßform. Die Presse zerdrückte sie, die Flüssigkeit lief in den Bottich. Rebrov wischte die Preßrückstände in den Eimer. Nach einer halben Stunde kamen Olga und Sereža. Fast das ganze Blut aus der Leiche war in den Bottich gelaufen. Rebrov nahm das Elektromesser, schnitt ein Stück der Gesäßbacke ab, gab es Olga, die das Fleischstück sofort in den Fleischwolf steckte, der das Fleisch zu Hack verarbeitete, das in den Sammelbehälter der Saftpresse fiel, die aus dem Hack Saft auspreßte, der in den Zehnliterbottich lief. Rebrov schnitt ein weiteres Stück ab und gab es Olga. Sereža bediente den Fleischwolf, Staube die Saftpresse. In weniger als drei Stunden waren das Fleisch und die Innereien der Leiche verarbeitet. Rebrov zersägte das Gerippe in Kleinteile, aus denen Olga und Staube mit der Presse Saft preßten. Als alles beendet war, füllten sie Saft und Blut in den Dreißigliterbehälter um und brachten diesen ins Wohnzimmer. Dann reinigten sie sorgfältig Wanne, Gefäße, Geräte und Instrumente. Die Preßrückstände kippten sie in den Garten unter einen Apfelbaum und häuften Schnee darüber. Danach zogen sie sich alle um und versammelten sich im Wohnzimmer. Rebrov trat zu dem Behälter, nahm den Deckel ab:

– Achtundzwanzig Liter. Sie hatten recht, Genrich Ivanyč.

– Ich habe ein gutes Augenmaß, – Staube schmunzelte, setzte sich an den Tisch und goß sich Vodka ein.

– Oj, was bin ich müde, – Olga ließ sich neben dem Behälter auf den Teppich fallen, – schon vier Uhr? Laßt uns wenigstens noch den Sekt trinken.

– Erst muß eingefüllt werden, dann gibt es den Sekt. Sereža! Bring den Koffer.

Sereža brachte den braunen Koffer mit den Metallecken, stellte ihn neben den Behälter. Mit einem Schlüsselchen öffnete Rebrov das linke Kofferschloß und zog es behutsam heraus: Das Schloß war ein fester Gummipfropfen. Sereža setzte einen großen Trichter auf die Öffnung, Rebrov und Staube hoben den Behälter an und füllten seinen Inhalt in den Koffer.

– Das wärs, – Rebrov setzte den Pfropfen wieder ein und schloß ab. – Jetzt darf auch der Sekt sein…

Staube machte die Flasche auf, füllte die Gläser.

– Zum ersten Mal in meinem Leben nicht aufs Neue Jahr

angestoßen, – Olga nahm ihr Glas, schaute hindurch auf die Kerzen.

– Wie ich! – Sereža nahm einen Schluck.

– Glückwunsch, Freunde, – Rebrov lächelte müde, – jetzt haben wir die flüssige Mutter.

– Und Gutes Neues Jahr.

– Hurra!

Sie stießen an und tranken.

– Wer will alles Hammel? – fragte Olga.

Sereža und Staube hoben die Hand.

– Ich werde mal schlafen gehen, – Rebrov rieb sich die Schläfen.

– Geh nur, Vitja. Du bist blaß, siehst müde aus.

– Haben sich wohl zu sehr aufgeregt?

– Ja... irgendwie alles. Und ich habe Herzstechen, – er nahm eine Mandarine, schaute sie an und legte sie zurück, – Die flüssige Mutter – in den kleinen Keller. Allen eine gute Nacht.

Er ging.

– Kinder, gehen wir ins Kaminzimmer, – schlug Olga vor, – hier wird es uns zu kühl. Wir machen den Hammel überm Feuer heiß, fläzen uns auf die Felle.

– Keine schlechte Idee, – Staube schenkte Sekt nach, – ich bringe bloß zuerst die flüssige Mutter weg.

– Schaffen Sie es allein?

– Meine Liebste, Sie trage ich noch bis zum Wachhäuschen und zurück! – rief Staube aufgebracht.

– Wirklich? – Olga feixte.

Staube ließ den Knochen ins Feuer segeln, leckte sich die Finger ab und langte nach der Vodkaflasche:

– Olenka... noch einen.

– Nichts dagegen, – Olga lag auf dem Bärenfell und aß eine Birne. Sereža schlief auf dem Sofa unter einer Wolldecke.

– Diese Menschen muß man auch verstehen, – Staube reichte Olga das Glas, – schließlich – sie haben ehrlich gearbeitet, den Plan übererfüllt, haben gehungert, die Heimat verteidigt, und dann bekommen sie gesagt: Euer Leben war ein Fehler, ihr Tölpel, habt nicht die sonnige Zukunft geschaffen, sondern ein beschissenes stalinistisches Lager, das sich Union der Sozialistischen Sowjetrepubliken nennt! Wozu euch die dankbaren Nachkommen verdammt nochmal gratulieren!

Er rülpste, trank aus, wischte sich mit einem Handtuch den Mund ab.

– Ich weiß nicht, – Olga kippte ihren Vodka hinunter und biß von der Birne ab, – mir hat Inka Besjaeva erzählt, wie sie mit zwei Freundinnen auf eine ZK-Datscha mitgefahren ist und womit das endete.

– Womit denn?

– Mit einer Leiche. Der Gymnastik-Cheftrainer von »Spartak« hatte seine Geliebte, Innočka, und zwei ihrer Freundinnen geschnappt. Und ab auf die Datscha zu einem ZK-Abteilungsleiter. Dann war noch der Stellvertreter von Tjaželnikov dabei und noch irgend so ein Schwanz vom ZK des Komsomol. Sie haben getrunken, gegessen, dann in die Banja. Fingen an rumzuvögeln. Und dieser Komsomolzenschwanz hat einem Mädchen sein Sperma reingewürgt. Sie ist erstickt. Und dann…

– Resa forpi an Jaszelige! Es gibt Parteiapparatschiks, und es gibt ordentliche Kommunisten, sonnenklar! Jelcin war ja auch mal Kommunist!

– Mir gefällt Jelcin nicht. Er hat so einen dumpfen Gesichtsausdruck…

– Hauptsache, der Mensch tut etwas. Für einen ehrlichen Kommunisten heißt das – an die Bedürfnisse des Volkes

denken, die Produktion in Gang bringen helfen, sich um die Bedürftigen kümmern. Für einen Apparatschik ist das Wichtigste – Karriere, Macht, Speichellecken! So ein Wichser kriecht jederzeit den Vorgesetzten als Wurm in den Arsch und kommt vorne wieder raus! Solche muß man zerquetschen wie Läuse. Ein ehrlicher Kommunist legt niemandem Steine in den Weg. Selbst den Eigentümern nicht.
– Mein Papa war ein ehrlicher Kommunist, – Olga drückte das Mundstück einer Papirossa platt, zündete sie sich an, – hat immer gekämpft gegen die Parteibonzen. Zwei Rügen und zwei Infarkte.
– Oder es heißt: Stalin, Stalin! Bösewicht und Mörder. Aber daß er aus einem Agrar- ein Industrieland gemacht hat – das wird dabei vergessen. Der Persönlichkeitskult – stimmt, den braucht kein Arsch. Aber Disziplin brauchen unsere Hurensäcke, wie ein bockiger Gaul die Peitsche! Ohne Disziplin kennen die nur: Mord, Brandstiftung, Erpressung! Er hätte es ihnen gezeigt – Erpressung! Hätte ihnen eine verdammte Erpressung verpaßt, daß sie in die Hosen gepißt und geschissen hätten vor Angst, ohne Luft zu holen! Nach Sibirien zum Holzfällen hätte er sie erpreßt!
– Mein Papa hat Stalin auch verehrt, aber nicht wegen der Industrialisierung, sondern wegen des Vaterländischen Krieges…
– Wegen des Krieges?! Dafür sollte man ihn bei lebendigem Leib braten und den Hunden vorwerfen! Er hat die Armee führerlos gemacht, dieses pockennarbige Schwein, Tuchačevskij und Jakir erschossen, ehrliche Kommandeure versetzt! Sich ein solches Arschloch wie Mechlis herangeholt. Der hat zugelassen, daß die Deutschen am ersten Tag die gesamte Luftflotte bombardierten, bis sie im Arsch war!

Olga zuckte zusammen, die Papirossa fiel ihr aus den Fingern. Sie barg das Gesicht in den Händen und begann zu schluchzen.

– Was denn? Was ist? – Staube beugte sich zu ihr.
– Ich will nicht... will es nicht... der Zuok... – stöhnte sie.
– Ach, hören Sie auf, – er legte ihr die Hand auf die Schulter, – Sie und Angst haben?
– Ich hab keine Angst! Ich will nicht, daß Nina!

Staube seufzte, hob die Papirossa auf und warf sie ins Feuer:
– Olga Vladimirovna, Nina ist eine dafür ausgebildete Person. Sokolov wäre auch nicht besser, oder?
– Ich will aber nicht... nein! – schluchzte Olga.
– Der Zuok ist nichts Neues, was sich also jetzt grämen? Trinken Sie lieber, das vertreibt Kummer und Sorgen. Ohne Anästhesie dürfen wir nicht.

Er goß den Rest Vodka in die Gläser, setzte den Flaschenhals an die Lippen und blies. Die Flasche gab einen langgezogenen Ton von sich.

Eine Woche verging in Vorbereitung auf Angelegenheit Nr. 3. Am 8. Januar, ab 9.12 Uhr morgens, waren alle in Rebrovs Arbeitszimmer versammelt.
– Ich bitte, die Uhren zu stellen, – sagte Rebrov, – es ist jetzt 11.28 Uhr.

Er wartete, bis Staube, Sereža und Olga die Zeiger ihrer Armbanduhren gestellt hatten, dann fuhr er fort:
– Also, Angelegenheit Nr. 3. Von ihrem Ausgang hängt unsere Zukunft ab. Einen Rückzieher zu machen, haben wir nicht das Recht. Ebensowenig haben wir das Recht auf Kleinmut, Unentschlossenheit, Unprofessionalität. Um 12.10 Uhr werden wir das Ministerium betreten. Um 12.30 Uhr müssen wir es mit fertigem Resultat verlassen haben. Um 12.45 Uhr – die Fabrik. Der weitere Zeitplan wird von den Umständen abhängen. Gibt es Fragen?

– Darf ich tragen? – fragte Sereža.
– Nichts da, – Rebrov erhob sich, – also dann, Abmarsch.
– Gott steh uns bei, – murmelte Staube.

Sie gingen nach unten, zogen sich an und verließen das Haus.

– Es hat schon wieder getaut, – Olga blinzelte ins trübe Sonnenlicht.

– Jetzt einen Schneemann bauen, – sagte Sereža.

– Das mit den Schneemännern... kommt alles noch... – meinte Staube abwesend.

Sie stiegen in den Wagen und fuhren los. Um 12.02 Uhr bog Rebrov vom Sadovoe-Ring in die Malaja Bronnaja ein; er fuhr in den Hof von Hausnummer 8 und stellte den Motor ab.

– Genrich Ivanyč, Sie als dritter, – sagte Rebrov, als er von ihm den Aktenkoffer entgegennahm.

– Ich habe alles wunderbar behalten! – erwiderte Staube gereizt.

– Falls jemand in die Quere kommt! – Olga gab Sereža einen Klaps auf die Mütze, – schnauf normal, der Mama wird gehorcht. Sonst setzt es was!

Sie stiegen aus, gingen die Žolkovskijstraße entlang, bogen rechts ab und standen vor dem Gebäude des Ministeriums für Spezialarbeiten. Rebrov ging an die massive Tür, zog sie am Griff auf und ging hinein. Er trug eine graue gegerbte Pelzjacke, eine Rentierfellmütze und einen hellgrauen Mohairschal; den schwarzen Aktenkoffer hatte er in der Linken. Nach ihm ging Olga hinein, in langem blauen Daunenmantel und mit einer länglichen Damenhandtasche. Unmittelbar hinter ihr kam, am Stock gehend, Staube in der Winteruniform eines Oberst der Pioniertruppen, mit brauner Mappe im Arm. Sereža folgte in seiner gewöhnlichen Kleidung. Sie passierten den Windfang und standen in dem großen Vestibül mit den

Marmorsäulen. Rechts in der Glasloge saß der Wachmann, vor der breiten Paradetreppe patrouillierte ein Milizionär. Daneben hielten sich noch einige andere Menschen im Vestibül auf.

– Was bist du plötzlich so schüchtern? – Staube drehte sich nach Sereža um, – du hast doch nach dem Ministerium gefragt? Hier ist es, das Ministerium deines Großvaters!

Sie gingen zum Wachmann.

– Zu Zlotnikov, – Rebrov gab dem Wachmann seinen und Olgas Paß.

Der Wachmann stellte zwei Passierscheine aus.

– Und wir möchten zu Nikolaj Nikolaevič Artamonov aus alter Freundschaft! – Staube streckte seinen Paß hin. – Kaum zehn Jahre, daß ich in Pension bin, schon ist alles anders in meinem Ministerium. Sogar die Wachloge! War aus Holz – jetzt aus Glas!

Der Wachmann lächelte:

– Gehört der Junge zu Ihnen?

– Zu mir, Suvorov-Kamerad!

Der Wachmann stellte den Passierschein aus, gab den Paß zurück. Alle vier legten ohne Hast an der Garderobe Mäntel und Jacken ab und gingen am Milizionär vorbei zum Lift. Als sie in der Kabine standen, drückte Rebrov auf Knopf 2:

– Olga Vladimirovna, nur bei »Hopp«.

Im ersten Stock stiegen sie aus und liefen den breiten, eichengetäfelten Korridor entlang, der in der weitläufigen Halle endete. Ein roter Läufer führte zur Haupttür:

Minister für Spezialarbeiten
RADCENKO
Valerij Pavlovič

In der Halle gab es fünf weitere Türen:

Erster stellvertretender Minister
MAZDRIN
Jurij Prokofjevič

Stellvertretender Minister
SMIRNOV
Nikolaj Igorevič

Stellvertretender Minister
SUSANIJA
Georgij Avtandilovič

Stellvertretender Minister
NIKULIN
Viktor Nikolaevič

Stellvertretender Minister
BODRJAGIN
Michail Michajlovič

Rebrov ging zur Tür des Büros von Nikulin, öffnete und trat als erster ein. Im Vorzimmer saß die Sekretärin.

– Guten Tag, – sagte Rebrov vernehmlich.

– Guten Tag, – erwiderte die Sekretärin.

Staube, Olga und Sereža kamen ebenfalls herein.

– Ist Viktor Nikolaevič da?

– Haben Sie einen Termin? – die Sekretärin sah sie an.

Staube lächelte:

– Herzchen, alten Freunden gibt man nicht Termine. Man lädt sie als liebe Gäste ein.

– Alles klar, – lächelnd nahm sie den Telefonhörer ab, – Und wen darf ich melden?

– Melden Sie Hopp, – sagte Rebrov und trat im gleichen Moment zur Seite. Olga zog ihre Schalldämpferpistole aus der Tasche und schoß der Sekretärin zweimal in den Kopf. Die Sekretärin fiel nach hinten in den Sessel. Rebrov nahm ihr den Hörer aus der Hand, legte ihn auf die Gabel, zog die mittlere Schublade heraus, fand die Schlüssel, warf sie Staube zu. Mit dem Schlüssel sperrte Staube die Eingangstür ab. Rebrov betrat das Büro des Assistenten des stellvertretenden Ministers. Im Büro saßen der Assistent und eine Schreibkraft.

– Guten Tag, Genossen. Hopp, – meinte Rebrov und trat zur Seite. Schnell schoß Olga den beiden in den Kopf. Der Assistent fuhr sich mit den Händen ins Gesicht, stand auf, fiel zu Boden. Die Schreibkraft rutschte unter Gestöhne vom Stuhl. Olga lief hin und gab noch zwei Schüsse ab. Rebrov ging hinaus ins Vorzimmer:

– Beaufsichtigen und Druck machen.

Staube öffnete die Tür zum Hauptbüro und ließ Rebrov vor. Rebrov trat ein. Nikulin saß hinter dem Schreibtisch und diktierte einer gegenübersitzenden Stenotypistin.

– Guten Tag, Viktor Nikolaevič. Hopp für Sie, – meinte Rebrov laut. Olga schoß der Stenotypistin zweimal in den Kopf. Die Stenotypistin schrie auf, ihr Kopf schlug auf den Tisch. Nikulin sah auf die Stenotypistin.

– Viktor Nikolaevič, rufen Sie Kolosov an, sagen Sie, der Fahrer Jakušev soll unverzüglich ins Vorzimmer des Ministers hochkommen, – sagte Rebrov schnell.

Nikulin sah auf die Stenotypistin. Das Blut aus dem zerschossenen Kopf lief über den Tisch.

– Haben Sie verstanden, was ich gesagt habe?

Nikulin sah zu Rebrov. Olga richtete die Pistole auf ihn.

– Ruf an, verdammt! – preßte Staube hervor, – wir warten nicht!

Nikulin nahm den Hörer ab, drückte auf die Sprechanlage:

– Boris… Boris Iljic. Ja. Hier… äh. Such Jakušev,

den Fahrer. Er soll zu Valerij Palyč hochkommen. Ja. Sofort. Ja.

Er legte auf.

– Jetzt eine Minute aufgepaßt, – Rebrov sah Nikulin scharf in die Augen, – Sie werden jetzt mit uns zu Radčenko gehen und in einer simplen Angelegenheit behilflich sein. Es dauert nicht länger als fünfzehn Minuten. Ihr Leben hängt davon ab, wie es ausgeht. Dazu wird Ihnen überhaupt nicht viel abverlangt, Viktor Nikolaevič: völliger Gehorsam, Anpassung an die Situation und etwas geistige Konzentration. Haben Sie verstanden?

Nikulin sah ihn an.

– Haben Sie verstanden? – wiederholte Rebrov. Olga setzte Nikulin den Lauf an die Stirn.

– Aber das… ist nicht nötig, – Nikulin wich zurück, – ich habe verstanden.

– Abmarsch, – Rebrov richtete sich auf.

Nikulin kam hinter dem Tisch hervor, ging zur Tür.

– Sie werden als erster hineingehen. Verhalten Sie sich ganz natürlich.

Olga wechselte das Magazin, schob die Pistole in die Tasche. Sie gingen hinaus in die Halle, Staube schloß die Tür ab, gab den Schlüssel Sereža. Aus dem Büro von Smirnov kamen zwei und verschwanden, sich unterhaltend, wieder aus der Halle. Nikulin betrat das Vorzimmer des Ministers. Rebrov, Staube, Olga und Sereža gingen hinter ihm. Im Vorzimmer saßen der Assistent des Ministers, die Sekretärin und ein Besucher.

– Tag, – meinte Nikulin träge.

– Hopp, – Rebrov stieß Nikulin zur Seite. Olga schoß auf die Köpfe der Sitzenden. Staube schloß die Eingangstür ab. Rebrov nickte zu der Tür mit dem Schild REFERENT. Nikulin stieg über die Beine des Besuchers, näherte sich der Tür.

– Stop. Wieviele sind da drin?

– Fünf… nein… sieben, – Nikulin sah auf das Schild.
– Machen Sie die Tür auf, und bitten Sie drei heraus.

Nikulin griff nach der Türklinke, drückte sie herunter, öffnete einen Spalt:

– Petr… Sergeič, könnten Sie bitte mal… nur eine Minute… und die Übersetzer auch…

– Und du, weg hier, – raunte Olga, die hinter der Tür stand.

Nikulin trat beiseite zum Tisch des Assistenten. Kaum war der Referent herausgekommen, schoß Olga ihm in die Schläfe, sprang rechts vor und schoß den hinter dem Referenten kommenden Übersetzern in den Kopf. Sie noch im Fallen wegstoßend, rannte Olga ins Büro des Referenten und eröffnete ein Trommelfeuer auf die vier übrigen Mitarbeiter. Einer von ihnen konnte noch einen Schrei ausstoßen. Olga wechselte das Magazin, kam heraus und gab der zuckenden Schreibkraft den Finalschuß.

– Vorwärts! – Rebrov nickte Nikulin zu.

Nikulin betrat das Büro des Ministers, das vom Vorzimmer durch zwei massive Eichenholztüren getrennt war. Olga, Rebrov und Staube kamen direkt hinter Nikulin. Radčenko saß hinter seinem riesigen Schreibtisch aus Mahagoni und führte ein Telefonat.

– Worum geht es? – fragte er, die Hörermuschel zuhaltend, – Wieso ohne Anmeldung?

– Valerij… Pavlovič… es… – stammelte Nikulin blaß und fiel auf die Knie. Er übergab sich auf den Teppich. Olga feuerte drei Schüsse auf das eine von sechs Telefonen des Ministers ab.

– Was? Was? Was? – Radčenko ließ den Hörer fallen und kam aus seinem Ledersessel hoch.

– Ganz ruhig, Valerij Palyč, – sagte Rebrov, nachdem er Staube zugenickt hatte. – Der Genosse Oberst wird gleich alles erklären.

Staube stellte die Aktenmappe auf dem Teppich ab, ging zu Radčenko, zog aus der Uniformtasche einen Schlagring mit zwei Reihen Stahldornen und schlug ihn dem Minister ins Gesicht. Radčenko fiel in den Sessel, griff sich mit den Händen ins Gesicht.

– Wo sind die Fundamente? – Staube lehnte seinen Stock gegen den Tisch und setzte sich auf die Kante, – Orel oder Krasnojarsk?

– Terechov… – murmelte Nikulin, während er sich den Mund abwischte.

– Hopp, – Rebrov nickte auf Nikulin. Olga schoß ihm in den Hinterkopf.

– Orel oder Krasnojarsk? – Staube beugte sich zu dem schwer atmenden Radčenko hin und gab ihm mit dem Schlagring eins auf die ans Gesicht gepreßten Hände.

– Orel… Orel… – stöhnte Radčenko.

Sereža kam aus dem Vorzimmer hereingespurtet:

– Da klopft jemand!

– Das ist Jakušev! – Rebrov und Olga rannten hinaus und kamen mit Jakušev und Leontjev zurück. Jakušev gab Leontjev einen bösen Stoß, dieser fiel hin, raffte sich wieder hoch und begann mit zitternden Händen sich auszuziehen.

– Ist die Karte in der Spezialverwahrung?

Radčenko nickte schwach. Das Telefon klingelte.

– Dieser Scheißkerl hat im November noch… Schwein! – Jakušev versetzte Leontjev einen Tritt.

– Wieviel Kilometer sind das von Krasnojarsk? – Staube steckte den Schlagring weg, rutschte vom Tisch.

– Siebzig… – brachte Radčenko heraus.

– Welche Richtung?

– Westen… nach Westen…

– Orientierungspunkte?

– Ich… war nicht dort… kenne mich nicht aus ohne

Karte… – Radčenko schluchzte, – Nur bitte… nicht umbringen…
– Was ist da in der Nähe? – Rebrov klappte den Aktenkoffer auf. – Ein Fluß? Ein Dorf?
– Das ist da am Čulym, also wenn man durch Ačinsk durchfährt, Bahnstation Kozulka, – haspelte der nackte Leontjev, – und dann nach rechts, und nach, naja, etwa fünfzig Kilometern kommt der Čulym, eine Weile den Čulym entlang und dann über den Hügel…
– Und Terechov? – Rebrov holte das Elektromesser aus dem Aktenkoffer, suchte mit den Augen nach einer Steckdose.
– Terechov… – Leontjev zuckte mit den Achseln und fuhr sich mit der Zunge über die trockenen Lippen.

Der heulende Radčenko nahm die Hände von seinem blutüberströmten Gesicht:
– Tere… chov… Terechov ist schon… schon…

Rebrov und Staube tauschten einen Blick:
– Oh, leck mich! – freudig klatschte Staube in die Hände.
– Hopp! – kommandierte Rebrov, er schob den Stecker in eine Steckdose.

Olga schoß Leontjev in den Kopf, er sackte auf den Teppich. Rebrov und Staube drehten ihn auf den Rücken, und Rebrov schnitt ihm mit dem Elektromesser ein Stück der Brust heraus.
– Als ich die Meldung bekam… habe ich es nicht geglaubt… – schluchzte Radčenko, sich mit dem Ärmel übers Gesicht wischend, – ich war sicher… es wäre bloß eine Provokation. Eine freche… Provokation…
– Wie spät? – Rebrov schob das herausgeschnittene Stück in die von Staube bereitgehaltene Zellophantüte.

Olga sah auf die Uhr: – halb.
– Schnell! – Rebrov verstaute die Tüte im Aktenkoffer, Staube zog aus seiner Aktenmappe einen Ordner mit

Dokumenten, legte ihn Radčenko aufgeschlagen hin, streckte die Hand aus:
– Mach schon.
Radčenko gab seine Unterschrift.
– Nicht vollsauen, du Wichser! – Staube stieß seinen Kopf weg und trocknete mit dem Löschroller zwei Blutstropfen, die auf das Dokument gefallen waren.
– Los, los! – Rebrov wartete mit ausgestreckter Hand. Staube übergab ihm den Ordner, Rebrov steckte ihn in den Aktenkoffer:
– Hopp, hopp.
Olga schoß Radčenko in den Kopf.
– Über die Haupttreppe? – fragte Jakušev.
– Bloß nicht, – erwiderte Rebrov bereits im Gehen.
Sie liefen ins Nebenzimmer, in den Ruheraum des Ministers, öffneten eine Tür und kamen über eine Treppe in den Innenhof des Ministeriums. Hier parkten an die zwei Dutzend Autos. Sie stiegen in einen schwarzen ZIL-110. Jakusev ließ den Motor an.
– Hast du sofort umgeladen? – fragte Rebrov.
– Gleich nach Ihnen, – Jakušev fuhr bis ans Tor und hupte. Das Tor begann langsam aufzuschwingen.
– Tempo, Tempo! – Rebrov zuckte nervös.
– Wir schaffen es schon, – Staube spuckte auf seine blutbefleckte Hand und wischte sie mit dem Taschentuch ab.
Sie kamen auf die Malaja Bronnaja, bogen ab auf den Sadovoe-Ring, fuhren bis zum Majakovskij-Platz und nahmen die Gorkijstraße.
– Genrich Ivanyč, geben Sie mir Ihr Segment, – bat Rebrov, ohne sich umzudrehen.
Staube zog das Segment aus seiner Uniformjacke und reichte es ihm nach vorn. Rebrov legte sein Segment an das von Staube, drückte darauf, um die Schlösser ineinander einrasten zu lassen. Bei den roten Skalen fielen die 8 und die

3 zusammen, bei den schwarzen die 8 und die 7. Rebrov sah auf die Uhr, rechnete etwas mit dem Taschenrechner aus, verschob die Segmentstiftchen:

– 27, 10, 6.

– Na, Gott sei Dank! – Staube nahm sich sein Segment wieder, – Sie wollen immer gleich... was Ideales!

– Das Ideale ist für uns nicht zu sehen, wie unsere Ohren! – schnaufte Rebrov gereizt.

– Seien Sie gottesfürchtig, Viktor Valentinyč!

– Vitja, wird dort die Verstärkung gebraucht? – Olga hatte ihre Jacke aufgeknöpft, um neue Magazine in die Patronentasche zu stecken.

– Nein.

– Bei Sergeev heißt es aufpassen, – meinte Jakušev. – Er konnte sich mit Leontjev in Urengoj kurzschalten. Pavlov ebenfalls.

– Ich übers Schet? – Sereža drehte am Rubycube.

– Ja, ja. Und gib dich ungezwungen.

Um 12.49 Uhr fuhren sie am Haupttor der Fabrik »Borec« vor. Jakušev hupte. Der Wachmann guckte kurz aus der Fensterluke und verschwand. Das Tor schob sich zur Seite.

– Falls Sagin sich verdrückt hat – fährst du, – meinte Rebrov zu Jakušev.

– Und den ZIL?

– Den fahr ich selbst.

Der Wagen fuhr auf das Fabrikgelände und hielt bei der Gießerei. Sie waren noch nicht ausgestiegen, als Sergeev, Barmin und Chlebnikov auf sie zukamen.

– Guten Tag, Genossen! – meinte Sergeev munter.

– Tag, – sagte Rebrov nüchtern nickend, ohne die Hand zu geben, und lief Richtung Eingang.

– Na ... Sie sind aber leicht angezogen! – linkisch lächelnd half Sergeev Staube aus dem Wagen. – So holt man sich schnell eine Erkältung...

– Schon gut, wir werden uns gleich aufwärmen, – ohne ihn eines Blickes zu würdigen, humpelte Staube hinter Rebrov her.

Olga legte den Arm um Sereža und ging mit ihm an den sich Begrüßenden vorbei. Barmin hatte Rebrov überholt, um die Tür aufzuhalten. Rebrov, Staube, Olga und Sereža kamen in den breiten schmutzigen Korridor, passierten den Windfang und standen in der Gießerei. Einen großen Teil der Werkhalle nahm der bogenförmige Elektrostahlschmelzofen ein, an dem ein knappes Dutzend Arbeiter beschäftigt waren. Etwa fünfzehn weitere standen bei der zwei Meter großen Gußform. Mit den Händen in den Hosentaschen warf Rebrov einen Blick auf den Ofen, dann wandte er sich zu Sergeev:

– Erstatten Sie Bericht.

Sergeev räusperte sich:

– Also, Leonid Jakovlevič, gestern um 12.45 Uhr erhielten wir 280 Kartons Einwegspritzen der westdeutschen Firma »Braun«. 22000 Nadeln pro Karton. Die Gesamtmenge der erhaltenen Nadeln beläuft sich auf 6160000. Wir haben sofort veranlaßt, daß die Nadeln ausgepackt und in die Ofenwanne geladen werden. Das Beladen wurde durchgehend in drei Schichten vorgenommen und war heute gegen 9.40 Uhr abgeschlossen. Um 10.00 Uhr ist der Ofen eingeschaltet worden. So daß zum jetzigen Zeitpunkt alles fertig ist für den Gießvorgang.

Rebrov sah auf die Uhr:

– Zeigen Sie ein Muster der Nadel.

– Panteleev! – rief Chlebnikov.

Ein junger Arbeiter brachte einen leeren Karton mit den Aufklebern »Braun« und »Lenin-Kinderfonds, der UdSSR«. Ganz unten im Karton lag noch eine verpackte Spritze. Rebrov nahm sie, riß die Verpackung auf, nahm die Plastikkappe ab, inspizierte die Nadel, dann warf er sie in den Karton zurück:

– Anfangen.

Sergeev gab dem Produktionsingenieur ein Handzeichen. Ein Motor sprang an, der Ofen begann sich langsam zu neigen. Helme mit dunklem Schutzglas wurden an die Neuankömmlinge verteilt.

– Fließt jetzt gleich das Eisen heraus? – fragte Sereža einen Arbeiter mit grauem Schnauzbart, der ihm half, den Helm aufzusetzen.

– Ja, gleich! – lächelte der Arbeiter, – aber kein Eisen, sondern Stahl!

– Ist Stahl besser als Eisen?

– Ja! – der Arbeiter legte Sereža die Hand auf die Schulter, – Schau hin!

Über Lautsprecher kam ein Kommando, es ertönte ein Schlag, dann ergoß sich der Stahl in die Gießpfanne.

– Ho, toll! – rief Sereža.

– Willst du mal Stahlkocher werden? – der Arbeiter beugte sich zu ihm hinunter.

– Ja, will ich!

Als der ganze Stahl herausgeflossen war, fuhr die Gießpfanne zur Gußform, und der Gußvorgang begann.

– Wann wird es fertig sein? – fragte Rebrov; er setzte den Helm ab.

– In ungefähr zehn Stunden, – Sergeev nahm ihm den Helm ab.

Rebrov nickte, wandte sich an Chlebnikov:

– So, Genosse Sekretär. Jetzt werden wir beide uns mal auseinandersetzen.

Sie verließen die Werkhalle, nahmen die Treppe in den ersten Stock und betraten das große Büro des Parteisekretärs. Pavlov saß hinter dem Tisch, er erhob sich, kam auf Rebrov zu. Rebrov gab ihm wortlos die Hand, wandte sich an Sergeev:

– Schließen Sie die Tür ab und ziehen Sie die Vorhänge zu.

Chochlov schloß die Tür ab, Barmin zog die Vorhänge zu. Sergeev nahm an seinem Schreibtisch Platz, Rebrov, Staube, Olga, Sereža, Barmin, Chlebnikov, Chochlov, Pavlov, Kozlov, Gelman und Vyrin verteilten sich an dem langen Besprechungstisch. Staube öffnete die Aktenmappe, entnahm ein Kuvert und übergab es Sergeev. Sergeev nahm das Kuvert, zog einen Packen Dollars heraus:

– 3?

– 3500, – erwiderte Staube.

– Auf das Geschäft! – lächelnd ließ Sergeev das Geld im Schreibtisch verschwinden.

– Ivan Ivanovič, ich bitte Sie dringend, keine Verzögerung, – sagte Rebrov.

– Es wird fertig, – Sergeev sah auf die Uhr, – laß uns erstmal hören, was dein Bengel zu sagen hat.

Alle blickten zu Sereža.

– Steh auf, mein Freund und Kupferstecher, – Sergeev nahm seine Brille ab und fing an, sie mit einem Tüchlein zu putzen, – erzähl uns von deinen Abenteuern.

Sereža stand auf, mit gesenktem Blick begann er zu sprechen:

– Also ich bin gleich nach dem Anruf losgefahren. Mit der Električka. Bis nach Višnjakov, ab da mit dem Bus. Bis zu diesem... dem Pumpenhaus.

– Kesselhaus, – verbesserte Rebrov.

– Mhm. Und dort hab ich die Straße gefunden, ich bin sie gegangen und hab das Haus Nr. 7 gefunden. Da hab ich geklopft und bin reingegangen. Eine Tante hat aufgemacht. Ich hab gesagt: ich komme von Afanasij Fedorovič. Und da hat sie gesagt: komm rein. Da war noch ein Onkel und so eine alte Oma. Die hat bloß, na ja, die hat die ganze Zeit geflennt. Und immer so mit den Händen rumgemacht...

– Faß dich kürzer, – Sergeev setzte die Brille wieder auf.

– Na, und dann hab ich ihnen die Tasche gegeben. Der Tante. Aber er hat sie ihr weggenommen. Und hat gesagt: Komm mit unter die Erde.
– Wohin?
– Also, die haben da so einen Keller. Wir sind da hinuntergegangen. Und da war eine Banja und ein Schwimmbecken. Und verschiedene Zimmer. Und da war noch so ein Onkel…
– Ein Buckliger?
– Mhm. Und der hatte auch so eine Nase, na ja…
– Plattgeschlagen.
– Mhm. Und noch zwei Tanten waren da. Und der erste Onkel hat die Tasche diesem Buckligen gegeben. Und der Bucklige hat den Baltik aus der Tasche geholt und auf den Talpyk gesetzt.
– Wie, er hatte den Talpyk schon vorher fertig? – Sergeev sah zu Staube. Staube senkte die Augen.
– Mhm, vorher. Er lag auf dem Tisch. Na, und dann hat er den Hebel betätigt, und es ist ins Glas gelaufen. Die Tante hat gehalten. Und dann haben sie es an der Kugel kontrolliert.
– Und wieviel?
– 7, 8.

Sergeev seufzte:
– Gut, gut. Weiter.
– Und dann hat der Bucklige angefangen, den ersten Onkel zu schlagen. Der Onkel ist auf die Knie und hat gesagt: das war Pastuchov. Und die erste Tante ist auch auf die Knie. Und dann fingen sie an, mich zu schlagen. Und haben mich ausgefragt über Pastuchov und über diesen… über das Labor.
– Und du?
– Naja, ich… hab geheult.
– Und was hast du ihnen gesagt? – fragte Pavlov.

– Ich hab gesagt, daß Pastuchov weg war und Samsikov die Proben vorbereitet hat. Aber sie haben mich ausgezogen und immer wieder im Becken untergetaucht. Und die Tanten haben mitgemacht. Und da hab ich, na ja, ich habs… gesagt.
– Das von Pastuchov?

Sereža nickte. Die Anwesenden gaben Unmutsäußerungen von sich.

– Emotionen nachher, – Sergeev sah auf die Uhr. – So? Hast ihn also verpetzt, den Pastuchov, und weiter?
– Dann haben sie mich wieder angezogen, er hat Geld abgezählt und in die Tasche getan. Und die Tante, die erste, hat den Rhombus in, na, in so ein Spezialpapier gewickelt und auch mir in die Tasche getan. Und dann hat der Bucklige gesagt: hier, kriegst noch ein Bonbon mit auf den Weg. Und er hat mich gezwungen, das… na ja… an dem da vorn bei ihm zu lutschen…

Sereža verstummte.

– Verstehe, verstehe, – Sergeev sah erneut auf die Uhr, – du hast Pastuchov verpetzt, an dem da vorn gelutscht, die Tasche genommen und bist dann gefahren. Kannst dich setzen. Ženja! Geh bitte und sag, sie sollen anfangen, die Gußform abzuschlagen. Aber sauber und vorsichtig.

Chochlov stand eilig vom Tisch auf und lief hinaus.

– Im großen und ganzen, Freunde, – Sergeev klatschte mit der flachen Hand auf den Tisch, – unser Business ist beendet. Weitere Geschäfte mit Ihnen sind unsererseits nicht mehr erwünscht. Noch heute werde ich Pastuchov anrufen, und noch heute, gleich jetzt, nachdem Sie sich von hier fortgeschert haben, werde ich die Schließung von Nord verfügen. Schluß aus! – er stand auf.
– Ivan Ivanovič, wir werden es doch kompensieren, wir… – setzte Rebrov an.

– Schluß! Schluß! – Sergeev winkte ab und ging zur Tür. – Nehmen Sie Ihren Abguß, und hauen Sie ab.

Er ging, die Mitglieder der Fabrikverwaltung wandten sich ebenfalls zum Gehen.

Staube gab Sereža eine Ohrfeige. Sereža begann zu heulen.

– Sowas können Sie sich sparen, – Pavlov schüttelte den Kopf, – nichts leichter, als ein Kind zu schlagen. Wer das gesagt hat, wissen Sie? Gorkij.

Alle waren zurück in die Werkhalle gegangen. Sechs Arbeiter zerschlugen mit Vorschlaghämmern die Gußform, die auf eine Stahlplattform gestellt worden war. Die Gußform bekam schnell Risse und zerbrach in Stücke, zum Vorschein kam der heiße, glutrote Abguß.

– Erstatten Sie Bericht, – sagte Rebrov.

– Also, – Sergeev räusperte sich, – unter Anstrengung unseres Betriebs und der Mithilfe von Mitarbeitern des Staatlichen Zoologischen Museums wurde nach der Form einer Krätzmilbenlarve in 10 000facher Vergrößerung ein Abguß aus rostfreiem Stahl hergestellt. Gewicht des Abgusses: 1800 kg.

Sergeev nickte Kozlov zu, der entfaltete ein Blatt Papier und begann vorzulesen:

– Krätzmilbe *(Acarus siro)*. Weibchen 0,3 mm lang, rundlicher Körper mit kurzen Beinen, lederähnliche, gefurchte Oberhaut. Männchen um die Hälfte kleiner. Weibchen ernährt sich von Haut, wobei es in deren Hornschicht gewundene Gänge bis zu 15 mm Länge nagt, die durch die Hautoberfläche als graugetönte Linien zu erkennen sind. Eier 0,1 mm, werden in den Gängen abgelegt, über ihnen bohrt die Milbe gewöhnlich Belüftungsöffnungen. Der aus dem Ei schlüpfenden Larve fehlen noch Geschlechtsmerkmale und die drei hinteren Bauchsegmente, ihre sechs Beine sind noch nicht voll entwickelt. Die Larve entwickelt sich zur ausgewachsenen Milbe in zwei Stadien, zuerst wird sie zu einer Protonymphe, dann zu einer Teleonymphe. Larven und Protonymphen leben in den Gängen, sie ernähren sich von Resten der von der Milbe zerfressenen Haut und Gewebeflüssigkeit. Selbst nagen sie keine Gänge. Die Protonymphen verwandeln sich in Teleonymphen, die meistens nachts an die Hautoberfläche kommen, wenn der Kranke schläft. Hier verwandelt sich ein Teil von ihnen in Milbenmännchen, die sich mit den weiblichen Teleonymphen paaren – den zukünftigen Milbenweibchen. Die befruchteten Teleonymphen fressen sich in die Haut und verwandeln sich in Milbenweibchen. Die Männchen führen...

– Genug, – unterbrach ihn Rebrov. – Beginnen wir mit dem Aufladen.

Sergeev gab einen Wink, die mit Ketten an einem Kran hängende Plattform begann sich zu heben. Die Arbeiter, durch Hitzeschilder geschützt, hatten bereits die Reste der Gußform weggeräumt und die Gußnähte am Abguß entfernt.

– Leonid Jakovlevič, da ist bloß mit dem Fahrer etwas Unangenehmes passiert, ich vergaß es Ihnen zu sagen, – Sergeev runzelte besorgt die Stirn.

– Was ist es?

– Sie haben den Wagen schon vor längerem geschickt, aber dann ist dem Fahrer plötzlich schlecht geworden: Erbrechen, ist beinahe bewußtlos geworden. Sagte, er habe in der Früh Konserven gegessen. Na ja, wir haben den Krankenwagen geholt. Es wird Sie jemand von unseren Leuten fahren – Belkin oder Saša Egorov.

– Wir haben schon unseren eigenen Fahrer, – Rebrov ging voraus in Richtung des sich öffnenden Werkhallentors.

– Wie Sie wollen, – brummte Sergeev böse.

Der Kran hatte die Plattform aus der Werkhalle gebracht, sie hing über der Ladefläche eines LKW.

– Abwärts! – schrie der Arbeiter mit dem Schnurrbart, und die Plattform senkte sich auf die Ladefläche.

Jakušev kam zu Rebrov.

– Du fährst den MAZ hier. Der Genosse Oberst zeigt dir den Weg, – sagte Rebrov. Jakušev nickte und kletterte ins Führerhaus. Staube stieg mit zu ihm ein.

Rebrov ging zum ZIL und setzte sich ans Steuer. Olga und Sereža stiegen hinten ein.

– Was soll denn das… – rot angelaufen, verzog Sergeev das Gesicht.

– Da glotzt du, Genosse Sergeev, – Rebrov hatte die Scheibe heruntergekurbelt, – du denkst wohl, ich hätte das ganze Leben nur im Büro gehockt?

Chochlov zwinkerte Rebrov zweimal zu. Rebrov ließ den Wagen an, wendete scharf und fuhr hupend zum Tor. Der MAZ kam nachgefahren.

– Die Verstärkung, den Znedo auf die Neun, Sereža nimmt den Sof, – sagte Rebrov, ohne sich umzuwenden.

Das Tor ging auf, Rebrov bog nach links und drückte aufs Gas.

– Was ist, hatte ich recht? – Jakušev grinste, als er durchs Tor hinausfuhr.

– Diese Pastuchov-Scheißer! – Staube lachte, – alle angeschmiert! Pavlov und Sergeev und den Fettarsch! Das sind vielleicht Wichser! Hat die Welt noch nicht gesehen!

– Jetzt ist auch klar, warum er Radčenko in Spezialverwahrung gegeben hat.

– Solche Hornochsen! Saftsäcke! – Staube lachte, – Barmin hat hoch und heilig geschworen, daß Lebedev nicht rumschnüffeln wird in Urengoj! Mit einem Fahrer! Holzköpfe!

Um 14.02 Uhr fuhr der MAZ am Supermarkt in der Golubinskij-Straße vor. Eine riesige Menschenmenge drängte lautstark durch die eben erst geöffneten Eingänge ins Geschäft.

– Achtung, Genossen! – ertönte eine Megaphonstimme, – ich wiederhole! Die Lebensmittelpakete werden ausgegeben gegen Vorlage von zwei Ausweisen: Kriegsteilnehmerausweis – eins! Bezugsschein des Čeremuški-Rajispolkom – zwei! Bei Fehlen eines dieser Papiere wird kein Paket ausgegeben!

– Daß die mit Verspätung... – Staube gähnte.

– Wie immer, – Jakušev fuhr um die Menge herum, drehte und rangierte rückwärts an das Tor zum Innenhof des Geschäfts.

– Woher kommen denn die Pakete? – Staube holte das Segment heraus, stellte die Stifte auf die 2er-Punkte.

– BRD. Sie wollten erst zu Weihnachten, haben es dann aus irgendeinem Grund verschoben.

– Klar, daß die verschieben! – Staube grinste.

Jakušev hupte dreimal, das Tor ging auf. Der Innenhof des Supermarktes war voller Menschen, sie traten auseinander, um den LKW durchzulassen. Der MAZ fuhr vorsichtig ein und hielt vor dem Berg Butterstücke.

– Laß uns gleich! – meinte Staube zu Jakušev, kletterte aus dem Führerhaus und arbeitete sich durch die Menge.

Die Ladefläche des MAZ begann sich zu heben. Die beiden fünfundvierzig Jahre alten Zwillinge Maša und Marina, identisch bekleidet mit grauen wattierten Jacken, blauen Kopftüchern und Gummistiefeln, kamen auf Staube zu. Beide trugen ein Glas mit durchsichtiger Flüssigkeit auf einem Teller in der Hand. Staube sah den Frauen in die Augen, nahm das Glas von Marinas Teller, setzte es an die Lippen, doch plötzlich kippte er es Maša ins Gesicht. Maša schrie wild auf, griff sich ins Gesicht, fiel hinten über.

– Siehste, siehste! – Staube warf das Glas in den schmutzigen Schnee, griff nach dem anderen und roch daran.

– Und noch was über die Rübe, – krächzte ein dicker

Mann und beugte sich mit einer Dreiliterflasche über Maša. Jemand zog den Gummistöpsel heraus, dampfend lief die Säure über Mašas Kopf. Marina bekam eins mit dem Eisenrohr über den Schädel, sie ging neben Maša zu Boden.
– Siehste, siehste! – Staube spuckte in das Glas und schleuderte es mit Wucht einem in der Nähe stehenden Mann ins Gesicht. Der Mann griff sich ans Gesicht und drehte sich weg. Inzwischen war der purpurrote, in Dampf gehüllte Abguß von der Ladefläche in den Butterhaufen gerutscht, zischend sank er in ihn ein.
– Siehste, siehste! – Staube machte mit der Hand eine komplizierte Geste.

Elf Männer hoben die quadratische Betonplatte hoch und legten sie auf Maša und Marina. Sechzehn Männer nahmen den massiven feuerfesten Schrank hoch und stellten ihn auf die Platte. Sie halfen Staube hinauf, er kletterte auf den Schrank, richtete sich, gestützt auf seinen Stock, auf. Alle verstummten. Staube zog einen Zettel aus der Uniformjacke, faltete ihn auseinander, warf einen Blick darauf, dann zerknüllte er ihn und warf ihn weg.
– Siehste wohl! – meinte er müde, mit beiden Händen auf den Stock gestützt, – auf einem Bein, mit Krücke... Wißt ihr, es ist schwer, sich das heutige Leben ohne Gummi, ohne Kautschuk vorzustellen. Wir tragen gummibeschichtete Regenmäntel und Galoschen aus Gummi, wir benützen Gummischläuche und gummierte Taucheranzüge. Ohne Kautschuk gäbe es keinen Auto-, keinen Flugverkehr, keine Elektrotechnik, keinen Maschinenbau. Kautschuk – das sind Reifen, Isolierkabel, Luftballons, abertausend unersetzliche Dinge. Auf der anderen Seite – vielgestalt ist die Welt der synthetischen Harze. Und wohl die erstaunlichsten unter ihnen sind die ionentauschenden Harze oder einfach Ioniten... – er schwieg einen Moment, runzelte konzentriert die Stirn, fuhr sich mit der Hand übers Gesicht. –

Wer von uns hätte nicht, vor einer Landkarte stehend, schon davon geträumt: Wie schön wäre es, in den Kaukasus zu fahren, in die Arktis, in die Antarktis, in die Wüste Karakum oder, zum Beispiel, nach Köln. Freilich, das ist alles sehr interessant. Doch macht euch mit den Biographien berühmter Reisender vertraut, und ihr werdet feststellen, daß sie vor ihren Fernexpeditionen lange Zeit ihre eigene Gegend bereist haben. In heimischen Gefilden, wo einem auf den ersten Blick alles bekannt vorkommt, zeigt sich dem Forscher doch immer viel Neues und Interessantes. Das Wichtigste beim Reisen ist die Fähigkeit, zu schauen, zu beobachten. Zum Beispiel, hier in der Nähe hängt am Mast einer Bushaltestelle ein Zettel: »Junge Familie sucht Wohnung gegen angemessene Miete. Wir sind garantiert ordentlich und sauber. Telefon: 145 18 06.« Und ich mußte an Dmitrij Ivanovič Mendeleev denken. Die organische Geologie ist eine erstaunliche Wissenschaft. Sie ist eine fleißige Arbeiterin, die ihre Verdienste nicht im geringsten zur Schau stellt. Oder Generalleutnant Karbyšev. Den tapferen Sowjetgeneral haben die faschistischen Biester in den Folterkammern vieler Konzentrationslager gequält. In der Nacht auf den 18. Februar 1945 führten die Faschisten ihn in den Gefängnishof des Lagers Mauthausen und übergossen ihn bei zwölf Grad Frost mit kaltem Wasser, solange, bis der Körper des sowjetischen Patrioten zum Eisblock geworden war. Oder die späte Trias, die Brachiopodae, die kommunistische Inventarnummer... wie im Grunde auch die Tatsache, daß gemäß der Näherung der Temperatur eines beliebigen Körpers gegen absolut Null die Veränderung seiner Entropie, bei Veränderung irgendeiner seiner Eigenschaften, auch gegen Null strebt. Doch... nein!!! Nein!!! Neiiin! Verfluchte! Neiin! Sie hat geschmatzt! Mit ihrer stinkenden Fotze! Als ihre Kinder bei lebendigem Leib gekocht wurden! Bei lebendigem Leib! Wird das vom

Veränderten angenommen? Nein?! Ich frage euch! Nimmt man das vom Allgemeinen an? Von gekochten Kindern?! Von der Verfluchten? Wie? Nicht gehört? Antonina Lvovna Filzlausova! Hat mit ihrer Möse zuerst in der Gegend von Charkov herumgewackelt! Dann in Richtung Volokolamsk! Dann in der Hauptstadt unseres Vaterlands, der Heldenstadt Moskau! Hat an die zwanzig Jahre lang Scheiße geschwätzt im Komitee der verfluchten, verpißten, verkackten, maulhurigen sowjetischen Mütter-Töchter! Dreimal dreiunddreißig Mal abgefuckt! Durchgewichst bis aufs Blut! Sie hat ihre saure, zottige, wurmstichige Fotze hergezeigt! Medaillen, verdammt! Orden! Titel und Verdienste! Hochachtung, verdammt! Verehrung! Ich pisse und scheiße auf deinen Höcker! Ich pisse und scheiße auf deine Schwitztitten! Ich scheiße, ficke und pisse auf deine Mutter, auf diese Saftfotze! Ich scheiße und pisse auf die Medaillen! Ich scheiße und pisse auf die Orden! Ich scheiße auf die gekochten Kinder! Ich scheiß drauf! Ich scheiße! Scheiiiße! Scheiiiße!!! – Er verstummte für einen Moment, nahm die Hand vor sein bleichgewordenes Gesicht, zuckte mit den Achseln, dann fuhr er mit gesenkter Stimme fort, – ihn kann ich auch nicht verstehen. Überhaupt nicht. Na ja, leck mich doch, es stimmt, die hatten sich mit den Eigentümern verabredet, den Chefarchitekten bezahlt, die Schwester bezahlt, eine Wanne in der Küche aufgestellt, sie hat die Kinder gerufen, Nina 9 Jahre, Saša 7, Aleša 3, sie mit Rotwein abgefüllt, gewaschen, geschoren, er hat sie erschlagen, dann ausgeweidet, zerhackt und sechs Stunden gekocht, am Morgen war alles fertig, er hat diese Näpfe von der Armee geholt, und sie haben geschöpft, geschöpft, geschöpft, zwei Stunden lang, dreihundertsiebzehn Näpfe voll, haben sie auf die Veranda auf Bretter gestellt, sich schlafen gelegt, und um eins hat er bei der Truppe angerufen, und da haben sie zwei Kompanien Rekruten zum

Abendessen hingeschickt, aber ich habe mir gedacht, wenn sie sagt, er hätte sie erschlagen, er aber sagt, er hätte sie bei lebendigem Leib gekocht, dann ist er – ein Scheißbork! Scheißbork! Scheißbork! Scheißbork! Arschloch! Also kein Bork? Arschloch! Also kein Bork? Arschloch! Also kein Bork? Arschloch! Also kein Bork? Arschloch!

Er sprang in den Schnee. Man faßte ihm unter die Arme, half ihm aufzustehen. Staube wischte sich den Schweiß vom Gesicht:

– Der Tisch.

Man brachte den Tisch, breitete eine weiße Tischdecke darüber.

– Der Schlüssel.

Eine Alte kam mit einem Schlüsselbund, hakte ihn auf und gab ihm den Schlüssel. Staube sperrte den feuerfesten Schrank auf:

– Herausnehmen, auf den Tisch.

Sie holten die obere Hälfte der durchgesägten Männerleiche heraus und legten sie auf den Tisch.

– In der Baracke nannten sie ihn Gundos, – meinte Staube, während er das fahle Gesicht der Leiche musterte, – hat sein Leben lang unter schwerer Kieferhöhlenentzündung gelitten. Das Stemmeisen und den Hammer.

Man gab ihm das schmale Stemmeisen und den Holzhammer. Mit wenigen Schlägen öffnete Staube die Kieferhöhlen im Gesicht der Leiche. Aus den Öffnungen trat langsam grünlicher Eiter aus.

– Die linke und der rechte! – sagte Staube laut.

Von links trat ein Mädchen an den Tisch, von rechts ein Junge. Sie zogen sich schnell nackt aus. Über die Leiche gebeugt, saugte Staube den Eiter aus der linken Kieferhöhle, ging zu dem Mädchen, drückte seine Lippen an ihre und preßte den Eiter aus seinem Mund in ihren Mund. Dann saugte er den Eiter aus der rechten Kieferhöhle der Leiche, ging zu dem Jungen und preßte ihm den Eiter in den Mund.

– Weitergeben, – sagte Staube, dann bahnte er sich einen Weg durch die Menge zum Lieferanteneingang. Hinter dem Jungen und dem Mädchen stellte sich jeweils eine Reihe auf. Am Lieferanteneingang standen der Packer und die Verkäuferin. Sie traten beiseite und ließen Staube in den halbdunklen Korridor hinein. Rebrov streckte ihm die Flasche mit der mangansauren Kaliumlösung entgegen. Staube griff gleich nach der Flasche, nahm einen Schluck, spülte sich sorgfältig den Mund und spuckte aus.

– Sie haben die Schnüre nicht herausgezogen, – sagte Rebrov.

– Ich bin nicht Oleg Popov! – erwiderte Staube gereizt; er spülte sich nochmal den Mund und lief den Korridor entlang.

– Ich habe Sie gewarnt, – Rebrov ging hinterher, machte sich im Gehen das Mundstück einer Papirossa zurecht. Die Verkäuferin und der Packer schoben den Riegel vor die Tür.

– Nach rechts, Genrich Ivanyč, – dirigierte Rebrov, sie kamen in einen Raum voll mit Einmachfässern. In der Ecke saßen Olga, Sereža und Jakušev auf zwei aufgerissenen Paketen und kauten vor sich hin.

– Verflucht! – Staube knallte die Flasche ins Eck, – hab mir den ganzen Mund verätzt...

Er warf den Stein vom Deckel eines der Fässer, schob den Deckel zur Seite, schöpfte mit der Hand Sauerkrautsaft heraus und trank gierig. Die Verkäuferin schloß die Tür hinter sich ab und fiel auf die Knie. Der Packer knöpfte seine wattierte Jacke auf, riß sich den dreckigen Pulli hoch. Auf Bauch und Brust trug er Spuren von gerade erst geheilten Brandwunden. Die Verkäuferin schluchzte auf und weinte dann lautlos.

– Ja... das Antiletzte... – Staube nahm Sereža das angebissene Salamisandwich weg, biß hinein.

– Was gibts jetzt noch zu zeigen, – Jakušev grinste, während er Zwieback kaute.

– Die Kleider? – fragte Rebrov die Verkäuferin. Sie deutete in die Ecke auf eine Holzkiste.

– Kümmern Sie sich um die Kleider, Genrich Ivanyč, – Rebrov gab dem Packer 100 Dollar, holte einen Faden Zahnseide aus dem Geldbeutel, ging vor der Verkäuferin in die Knie, legte eine Schlinge um ihre zwei oberen Schneidezähne, eine weitere um seine eigenen. Sereža kam, zog den Kugler auf und setzte ihn vorsichtig auf den kaum zu erkennenden Faden. Der Kugler lief leise schnurrend den Faden entlang.

– Acharan, Acharan, Acharan, – sprach Rebrov, ohne die Zähne zu bewegen.

– Chatara, Chatara, Chatara, – erwiderte die Verkäuferin. Der Kugler lief an ihre Lippe, dann zurück zu der von Rebrov. Staube zog einen Packen Kleider aus der Kiste, legte die Uniform des Oberst ab und zog sich ein Sweatshirt und Wollgarnhosen an.

– Agakach, Agakach, Agakach, – sprach Rebrov.

– Chanaka, Chanaka, Chanaka, – erwiderte die Verkäuferin. Der Kugler lief zur Mitte des Zahnseidefadens, dann an die Lippe der Verkäuferin. Staube zog eine Felljacke an, Filzstiefel und eine Ohrenmütze. Das Schloß an der Tür knackte leise, und schon wurde die Tür aufgerissen, daß die Verkäuferin gleich zur Seite flog. Vier Typen mit MPs und Bleiwesten stürzten herein:

– KGB! Alle hinlegen!

Rebrov, der Packer, Jakušev und die Verkäuferin warfen sich auf den Boden. Staube hob den Arm.

– Auf den Boden! – er wurde gestoßen, fiel mit abgespreiztem Bein hin.

Olga preßte Sereža an sich, zwickte ihn kurz:

– Ihr Guten! Ihr Guten! Entführt haben sie mich und meinen Sohn! Gequält haben sie uns! O Gott!

– Mama! Mama! – Sereža hing an ihrem Hals und heulte los.

Es kamen noch zwei herein mit Pistolen und Handschellen.

– Verhaften Sie sie, fesseln Sie sie schnell! Schnell! – greinte Olga und hielt die Handtasche verdeckt hinter Sereža, – da sind noch drei! Im Einkaufsbüro! Sie sind was trinken gegangen! Schnell!

– Die kriegen wir schon, – meinte gelassen der eine mit Lederjacke und Pistole, – Laß erst mal diesen Rotzlöffel los. Wenn du seine Mama bist, bin ich sein Papa. Ich zähle bis eins.

Sereža ging zur Seite.

– Und jetzt – auf den Boden, Hände hinter den Kopf.

Olga legte sich auf den vom Einmachsaft nassen Boden. Allen, außer Sereža, wurden Handschellen angelegt.

– Novikov mit mir, die anderen ins Einkaufsbüro, – befahl der in der Lederjacke. Einer mit MP blieb da, die übrigen gingen hinaus.

– Die Nadeln, oder? – der in der Lederjacke deutete mit dem Kopf auf die Kiste mit den Kleidern. Der mit der MP drehte sich zu der Kiste herum, der in der Lederjacke schoß ihm in den Hinterkopf. Der mit der MP stürzte hin. Im Korridor war eine lange MP-Salve zu hören.

– Aha, – der in der Lederjacke richtete die Pistole auf die Tür.

– Flug, – wurde von hinter der Tür gerufen.
– Union, – gab er zur Antwort, er ließ einen mit MP herein,
– Na?
– Es gibt folgendes! – der mit der MP lächelte nervös, dann feuerte er ihm eine Salve ins Gesicht. Blutige Fetzen spritzten an die Wände, der in der Lederjacke stürzte, konnte aber noch einen Schuß abgeben. Der mit der MP zog aus seiner Jackentasche einen Schlüssel, zwinkerte Sereža zu:
– Das haben wir gleich… wer gehört zu euch?
Sereža deutete auf Rebrov, Olga und Staube. Der mit der MP warf Sereža den Schlüssel zu und gab drei kurze Feuerstöße auf Jakušev, den Packer und die Verkäuferin ab.
– Wieso denn Galja?! – Olga kam auf die Knie hoch, – weißt nicht wohin mit der Munition? Wichser! Tfuu! – sie spuckte den mit der MP an.
– Gehen Sie durch den Verkaufsraum raus, beim Hintereingang und beim Weinlager ist alles umstellt, – brummte der mit der MP, er lud nach und rannte hinaus. Sereža nahm Olga die Handschellen ab, zu zweit befreiten sie Rebrov und Staube. Aus einem zerschossenen Faß lief Sauerkrautsaft, der Kugler rollte leise surrend auf dem Boden herum.
– Oj… ich kann nicht mehr, entschuldigt… – Staube lief in die Ecke, machte die Hose auf, hob die Schöße der Felljacke und ging in die Hocke. Er hatte Durchfall. Rebrov hob den Kugler auf, machte die Zahnseide von den Zähnen der Verkäuferin los:
– Dann aber schnell.
– Dieses Schwein! – Olga zog die Pistole aus der Handtasche, steckte sie sich in den Gürtel, schlug die Pelzjacke darüber, – Das habt ihr von eurem Zlotnikov!
– Zlotnikov hat es auf Pastuchov abgesehen, – Staube angelte sich mit dem Stock die Strickmütze, die dem Packer vom Kopf gesegelt war, und wischte sich damit ab, – ein

Arsch hat Scheiß verzapft, und die anderen haben es geglaubt...

– Los! Los! – Rebrov lugte aus der Tür. Staube zog die Hose hoch, kam zur Tür gehinkt. Sie gingen hinaus und den Korridor entlang. Vor dem Einkaufsbüro lagen welche mit MPs und ein Mann in Zivil, alle erschossen. Etwas weiter lag eine dicke Verkäuferin in weißem Kittel mit einer grauenhaften Hackwunde quer durchs Gesicht; ihre Finger hielten ein Stück Stahlgitter umklammert, die Füße in Filzstiefeln zuckten schwach, sie schwammen in Urin. Vor der Tür zum Verkaufsraum standen einer mit MP und eine junge Verkäuferin mit einer blutbeschmierten Axt in der Hand.

– Los, solange sie noch nichts gespannt haben, – der mit der MP schob den Riegel auf. Olga spuckte ihm ins Gesicht.

– Dumme Gans! – er lachte und wischte es sich weg. Die Verkäuferin warf Olga einen bösen Blick zu, öffnete die Tür. Rebrov, Olga, Staube und Sereža kamen in den Verkaufsraum. Hier war ziemlich viel los: In drei langen Schlangen warteten die Kriegsteilnehmer auf die Ausgabe der humanitären Hilfspakete. Links bei den Regalen war eine Rauferei im Gange, man hörte die Frauen kreischen und die Männer fluchen; bei der Wand lag eine Frau, ein Mann vom freiwilligen Ordnungsdienst und ein Milizionär hielten ihr Salmiak unter die Nase; beim Ausgang lief ein Tauschhandel mit den eben erhaltenen Paketen. Rebrov kämpfte sich durch die Menge, bahnte den anderen den Weg.

– Mein Sohn, hilf! – ein kleinwüchsiger, dicker Invalide auf Krücken hielt Rebrov am Arm fest, – ich kann das allein nicht schleppen! Hilf, um Christi willen!

– Nicht um Christi willen, mein Bester, – Staube faßte das Paket an der einen, Rebrov an der anderen Seite, – sondern um des ruhmreichen Sowjetsoldaten willen!

– Dank euch schön, Brüder, dank euch! – ganz erregt

lächelnd, humpelte der Invalide hinter ihnen her, – wo hast du gekämpft, mein Freund?
– Erste Weißrussische, – auf seinen Stock gestützt, schritt Staube munter vorwärts, – bei Prochorovka angefangen, bei Berlin aufgehört.
– Hast deinen Namen beim Reichstag eingeritzt?
– Eingeritzt und zwischen die Säulen geschissen. Volles Rohr.
– Panzerfahrer?
– Wo denkst du hin. Gott des Krieges.
– Artilleristen, Stalin gab Befehl! Natürlich!
– Artilleristen, uns ruft das Vaterlaaand! – sang Staube, Rebrov, Olga und Sereža fielen lauthals ein, – aus tausend Kanonen vereint, für jede Träne, die Mutter geweint, für unsere Heimat – Feuer freiii!

Man bildete ihnen eine Gasse. Sie verließen das Geschäft.
– Und jetzt, hast gehört, schickt der Deutsche Pakete! – der Invalide mußte herzlich lachen.
– Ja. Will uns mit Wurst das Maul stopfen, – wachsam blickte Staube um sich. – Der kann mich mal...

Sie ließen das Paket in den Schnee fallen, durchquerten die vor dem Geschäft versammelte Menschenmenge und stiegen in einen roten Moskvič mit schwarz-gelbem Invalidenaufkleber. Der ZIL stand vor einem Zeitungskiosk, drumherum Milizionäre und Männer in Zivil. Rebrov ließ den Motor an, scherte aus auf die Golubinskij und gab vorsichtig Gas.
– Entwischt? – Olga steckte die Pistole in die Handtasche und holte das Zigarettenetui heraus.
– Langsam, langsam, Olga Vladimirovna, – Staube schielte aus dem Fenster, – bei denen bleibt keine Möse lange trocken.
– Sereža, du hast das Gleitstück nicht verloren? – Rebrov leckte sich über die ausgetrockneten Lippen.
– Nee, – Sereža zog das Gleitstück hervor.

– Gib her, – Olga nahm das Gleitstück, schob es in die Tasche ihrer Pelzjacke. Sie begann zu rauchen, – Vitja, wieso hast du das mit Zlotnikov nicht gesagt?
– Weil Radčenko Solovjev nicht persönlich kannte.
– Und Sie waren sich bis zum Schluß nicht ganz sicher? – Staube wandte sich zu ihm herum.
– Ich war mir bis zum Schluß nicht ganz sicher.
– Das heißt also… Kreuz?
– Das heißt also Kreuz, – Rebrov schnappte sich die Papirossa von Olga, nahm einen Zug.
– Man lernt doch ständig dazu! – Staube setzte ein böses Lächeln auf, – und bezahlt es mit seiner Gesundheit!
– Wir hatten keine andere Wahl, Genrich Ivanovyc. Das Risiko war gerechtfertigt, schließlich hatten wir ja die Segmente beachtet.
– Die Segmente… beim Auswerfen ist eine 8 herausgekommen. Da weiß ja keiner mehr, woran er glauben soll.
– Glauben Sie an die Instruktionen, Genrich Ivanovyc. Alle mal herhören: am Bahnhof heißt es verdammt aufpassen.
– Mimikry? – fragte Olga.
– 6, 3. Und locker, locker…
– Auch noch locker! – murrte Staube, sich wegdrehend.

Um 14.55 Uhr waren sie am Kazaner Bahnhof.
– Kofferträger! – rief Rebrov, als er ausstieg. Von einer Gruppe Kofferträger löste sich einer und schob seine Karre zum Wagen her.
– Zum Zug 56, bitte, – Rebrov öffnete den Kofferraum.
– Der »Enisej«? Wird gemacht… – Der Kofferträger hob die Metallkiste mit dem Zwischenblock aus dem Kofferraum und stellte sie auf die Karre, dann den Koffer mit der flüssigen Mutter und den Rucksack. Rebrov nahm den Aktenkoffer, Staube die Aktenmappe. Der Kofferträger schob die Karre zügig voran.

– Kommt, wir holen uns ein Eis! – Sereža zog Olga an der Hand.

– Im Winter, Sereža, ißt man kein Eis, – meinte Rebrov nüchtern.

Als sie an den Zug kamen, wandte sich der vorausgeeilte Kofferträger um:

– Welcher Waggon denn?

Rebrov zog die Fahrkarten heraus:

– Waggon 7. Plätze 9 – 12.

Am Waggon stand wartend die Zugbegleiterin, eine gelockte Tatarin; mit einem Lächeln kontrollierte sie die Fahrkarten:

– Bis Krasnojarsk? Mutig, mutig! Normalerweise nehmen da alle nur das Flugzeug. Transportieren Sie da etwa Brillanten? – sie nickte auf die Metallkiste, mit der der Kofferträger sich gerade abmühte.

– Schlimmer. Kinoausrüstung, – Rebrov nahm die Fahrkarten wieder in Empfang.

– Über uns wird ein Film gedreht? – sie lachte, daß man ihre Goldzähne sah, – wurde auch Zeit!

Der Kofferträger brachte die Sachen ins Abteil, Rebrov gab ihm sechs Rubel. Neun Minuten später fuhr der Zug ab.

– Gott seis gedankt, – Staube bekreuzigte sich.

– Wir fahren! – Sereža schob die Spanngardine am Fenster zur Seite.

Es klopfte an der Tür.

– Offen! – sagte Rebrov laut. Die Zugbegleiterin kam herein, setzte sich auf die Kante der Sitzbank.

– Haben Sie es sich bequem gemacht? – sie hörte nicht auf zu lächeln, während sie die Ledermappe mit den Täschchen für die Fahrkarten auf den Schoß nahm.

– Aber ja, – Rebrov nickte und reichte ihr die Fahrkarten.

– Wie steht es bei Ihnen mit der Speiseverpflegung, meine Beste? – fragte Staube.

– Besser als bei Ihnen in Moskau, – sie knickte die Fahrkarten und schob sie in ein Täschchen, – Kaviar, gedörrter Stör, Soljanka, Grillhähnchen. Kognak, Bier, Wein, Sekt.

– Hervorragend! – Staube schlug sich auf den Schenkel.

Rebrov gab ihr zehn Rubel:

– Für Bettwäsche und Tee.

– Behalten Sie den Rest, – Olga lächelte.

– Danke, – die Zugbegleiterin steckte das Geld ein, – und Sie fahren ohne Witz einen Film drehen?

– Ohne Witz.

– Über die Liebe?

– Über Ökologie.

– Uuuh. Und ich hab schon gedacht!

– Gefällt Ihnen das Thema nicht? – Rebrov und Olga tauschten einen Blick.

– Hängt mir schon zum Hals raus, – die Zugbegleiterin erhob sich, – als ob es in Sibirien keine saubere Luft mehr gäbe! Fahr in die Tajga, da kannst du so tief schnaufen, wie es nur geht. In einem halben Stündchen organisier ich den Tee…

Sie ging. Staube verriegelte sofort die Tür:

– Das wärs! Ab zum Mampfen! Ich sterbe!

– In den Speisewagen? – Rebrov faßte sich zerstreut an den Schnurrbart.

– Wozu denn Speisewagen, wir haben selbst einen Haufen Sachen! – Olga zog den Rucksack unter dem Tischchen hervor.

Eine Stunde später war die Tafel beendet, Sereža half Olga beim Wegräumen der Hühnchenknochen, Eierschalen und Brotkrümel in eine Plastiktüte. Die Zugbegleiterin kam mit der zweiten Ladung Tee herein.

– Hervorragend! – Staube wischte sich die Hände mit einer Serviette ab.

– Tee kann ich literweise trinken, – meinte Sereža.
– Lassen Sie es sich schmecken! – lachend stellte die Zugbegleiterin ihnen die Gläser hin.
– Meine Beste, wie lang dauert denn die Zuckelei bis Krasnojarsk? – Staube kippte sich aus einem silbernen Flachmann Kognak in den Tee.
– Knapp drei Tage.
– Wahnsinn, – Olga schüttelte den Kopf, – da wird einem das Fahren über…
– Gar nichts wird einem über, – die Zugbegleiterin nahm ihr die Tüte mit dem Abfall ab, – In Gorkij und Kazan steigen alle aus, wir fahren ganz allein weiter, kannst Fußball spielen. Dann werden wir einen Tee nach dem anderen schlürfen und Karten klopfen.
– Na, na! – Staube zwinkerte ihr zu. Sie ging. Alle sahen zu Rebrov.
– Iro, iro… – murmelte er müde, während er sich den Hemdkragen aufknöpfte.
– Ich will ja nur gewarnt haben, – Staube nippte am Tee, – Mit denen aus Golutvin war es auch iro.
– Jetzt reichts aber, es reicht! – Olga knallte die Hand auf das Tischchen, daß der Tee schwappte, – Ihr habt es bequem? Ich soll hier sitzen, mit den Wimpern klimpern und dauernd sagen: Ach, wie habt ihr es bequem?!
– Wieso denn jetzt – bequem? – Staube runzelte die Stirn.
– Sagen Sie, bin ich etwa zufällig Ihre Tochter, Genrich Ivanyč? Oder vielleicht – Ihre Verlobte? Oder Stiefmutter? Erlauben Sie, daß ich ein bißchen weine? Mich kurz setze?! Oder – so? – sie machte mit den Armen eine komplizierte Verrenkung.
– Olga Vladimirovna… – Rebrov stieß einen Seufzer aus.
– Iro ist für Sie, was für mich – meine Krankheit ist! Dieses Krankenhaus am »Sokol«! Und ich – Krankenschwester?! Putzfrau? Beweg dich, Olenka, beweg dich!

– Wir haben zusammengearbeitet! Ich hab die Ziffern nicht aus der Luft gegriffen! – rief Staube wütend.
– Das heißt, wir haben sie von Galja, die tot ist?! Haben sie aus dem Blauen hingeschrieben und untergeschoben! Toll!
– Im übrigen haben Sie damit gar nichts zu tun!
– Natürlich habe ich damit nichts zu tun! Ich habe nie mit irgendwas zu tun! Mein Job ist, auf den Abzug zu drücken und beim Auswerfen herumzuzetern! Olenka, schubs das Dreieck an! Olenka, setz es auf die 18! Schluß! Schluß! Schluß! – sie rempelte Sereža um und stürzte zur Tür, doch Rebrov packte sie am Arm, zog sie zu sich her, hielt ihr den Mund zu. Olga schluchzte, wollte sich losreißen. Sereža warf sich auf ihre Beine. Staube steckte ihr den Flachmann in den Mund, sie verschluckte sich am Kognak und mußte lange und krampfhaft husten.
– Noch mehr, – sagte sie, nachdem sie sich beruhigt und neben Sereža hingesetzt hatte. Staube gab ihr den Flachmann. Sie wischte sich zuerst die Tränen ab, dann trank sie gierig. Sie gab ihn an Rebrov weiter. Er roch daran, nahm einen Schluck, gab ihn Staube, der den Flachmann zustöpselte.
– Schlafen, Olga Vladimirovna, – Rebrov streichelte ihre Hand. – Alle schlafen. Auftanken.

Olga erwachte von einem Schrei Serežas, sie riß die Pistole unter dem Kissen hervor und richtete sie auf die Tür. Im Abteil war es dunkel. Der Zug befand sich in schneller Fahrt, der Waggon schaukelte heftig. Sereža, der ganz oben schlief, stöhnte und stieß wieder einen schwachen Schrei aus. Olga schaute nach unten. Rebrov und Staube schliefen. Sie steckte die Pistole weg, warf die Decke zurück und kletterte hoch zu Sereža.

– Wegge… weggeschafft! – murmelte Sereža, er zuckte, dann wachte er auf. – Wer ist da?
– Ich bins, Lieber.
– Olja, ich hab Angst, – Sereža drückte sich an sie.
– Mein Kleiner, du zitterst ja richtig…
– Ich hab geträumt… schrecklich… daß ihr mich auf der Datscha in dieses… diesen Keller hinuntergeschickt habt, um einen Stab zu holen, der eine war beim Auswerfen kaputtgegangen… und ich bin runtergekrochen, und ihr habt mir zugeschrien, wohin ich kriechen soll… und da waren solche Gänge, Erde, eng, und so eine Larve hat mich angefallen und mich gewürgt. Glitschig, fett wie die Sau…
– Mein Kleiner, – Olga strich ihm über die schweißnasse Stirn, – hier ist keine Larve.
– Wir… fahren wir?
– Wir fahren, fahren, fahren ins ferne, ferne Land. Schlaf, – sie sah auf ihr leuchtendes Zifferblatt, – zwei Uhr vorbei.
– Olja, fahren wir nach Sibirien?
– Nach Sibirien.
– Ist Sibirien groß?
– Sehr groß.
– Warst du schon mal da?
– Einmal. In Magadan. Allerdings im Sommer.
– Olenka.
– Was, mein Lieber?
– Bläst du mir einen?

Olga faßte an sein steifes Glied, gab ihm einen Kuß auf die Schläfe:
– Jetzt?
– Mhm… – er warf die Decke zurück, zog die Unterhosen runter. Olga legte sich mit der Brust auf seine Knie, nahm das Glied in den Mund, begann sich rhythmisch zu bewegen. Er half ihr, sah dabei an die dunkle Decke. Ziemlich bald zuckte er zusammen und erstarrte. Olga wischte sich

die Lippen mit der Hand ab, ging hoch und küßte ihn auf die heiße Wange:

– Mein Kleiner… hast deine Olenka verköstigt. Wirst du jetzt auch nicht mehr schreien?

Er schüttelte den Kopf.

– Dann geh ich jetzt zu mir runter. Ist dir nicht kalt beim Schlafen?

Er schüttelte den Kopf, Olga kletterte hinunter auf ihr Bett und zog sich die Decke über:

– Es schaukelt wie auf einem Dampfer. Halt dich am Kissen fest.

Sereža war schon eingeschlafen.

Sie wachten früh auf. Während des langen Zugaufenthalts in Kazan frühstückten sie.

– Fünfzig Jahre ist es her und immer noch die gleichen Fressen, – Tee schlürfend, betrachtete Staube die Menschen draußen auf dem Bahnsteig.

– Sie mußten hier schon mal her? – fragte Rebrov.

– Na klar! – er setzte eine weinerliche Miene auf und begann mit starkem tatarischem Akzent zu sprechen, – Evakuierung der nach dem Genossen Makarenko benannten Internatsschule Nr. 18, uns, Briderchen, ist es egal: Sanatorium, Krematorium, Hauptsache kostenlos! Haben hier sechs Monate verbracht, dann haben sie uns nach Aschabad umgesiedelt. Dort hatte ich eine Woche lang Scheißeritis mit Blut.

– Sie waren im Internat? – fragte Sereža, während er ein gekochtes Ei pellte, – und Ihre Eltern?

– Meine Eltern wurden umgebracht, Sereža.

– Die Deutschen?

– Zigeuner. Am 6. Juli 1941 wurden meine Eltern umgebracht, – Staube trank seinen Tee aus, – und Eltern umbringen, Sereža, ist die schlimmste Sünde.

Der Zug fuhr an. Bald darauf kam die Zugbegleiterin mit Tee:

– Na bitte. Im ganzen Waggon sind nur noch zehn Fahrgäste übrig. Geben Sie mir die leeren Gläser...

Als sie gegangen war, schloß Olga das Abteil ab, legte die Pistole auf den Tisch, holte einen Lumpen, Öl und den Wischstock aus dem Rucksack. Rebrov kletterte auf die oberste Liege und vertiefte sich in seine Notizen. Staube warf zwei Stück Zucker in sein Glas Tee und rührte um:

– Was ich Sie schon lange fragen wollte, Olga Vladimirovna: Welches Kaliber hat Ihre Schreckschußpistole?

– 9 Millimeter, – kam von Sereža schnell die Antwort, – selbstspannender Schlagbolzen-Abzugs-Mechanismus, Masseverschluß, Flügeltypsicherung, Magazin für zehn Patronen, Visier Typ »Schwalbe«, Griff aus Buchenholz, Einzelanfertigung.

– Haben Sie gehört, Genosse Rebrov? – Staube richtete sich mit dem einen Bein ein wenig auf und machte Stalins Stimme nach, – abär wir trauän den jungän Leutän nicht!

Rebrov gab keine Antwort.

– Dann eine zweite Frage: Weshalb halten Sie, meine Beste, wenn Sie die Schüsse durchführen, sozusagen, die Waffe nicht mit zwei Händen, wie unsere guten Polizisten, sondern mit einer?

– So wurde es mir beigebracht, Genrich Ivanovič. – Olga montierte das Pistolenschloß ab. – Die Bullen halten sie mit zwei Händen, weil sie mit ihren Schießprügeln sonst nicht treffen. Die Makar hat auf zehn Schritt eine Abweichung bis zu einem halben Meter. Die haben Kurzläufe, sind nicht eingeschossen, nicht ausbalanciert, der Rückschlag renkt dir den Arm aus. Mit meiner treffe ich auf zehn Schritt ein Mignon-Glühbirnchen…

– Stop, stop! – rief Rebrov. – Wie hieß die Bahnstation von Boris?

– Kaprilovo, – erwiderte Staube.

– Genial! – Rebrov lachte. – Bei mir auf dem Raster kreuzt sich das mit der Blauen!

– Nicht möglich! – Staube erhob sich.

Rebrov zeigte ihm das zerschlissene Heft:

– Die 40. Und beim Auswerfen war es, wie Sie sich erinnern, die 7.

Staube nahm das Heft, nuschelte durch die Lippen:

– Die 40… so…

Olga schraubte die Bürste auf den Wischstock:

– Na und? Zu Ende bringen müssen wir die Arbeit auf jeden Fall.

– Dafür brauchen wir aber nicht bis Krasnojarsk zu zuckeln. Wir steigen bei Kilometer siebzig aus.

– In Tarutino?

– In Kozulka.

Olga ließ Öl auf die Bürste tropfen, führte den Wischstock in den Lauf ein:

– Wißt ihr, wenn eine Katze eine Schildkröte ohne Panzer entdeckt, schnuppert sie zuerst, bevor sie mit der Nase hineinstupst. Oder wenn um das Geschirr gestritten wird: Der eine tritt immerzu auf der Stelle, schwingt den Schlauch mit der Metallmuffe, und der andere, obwohl er auf ein Weichtier getreten ist, fällt nicht hin, sondern springt auf und hält das Sieb vorgestreckt. Einfach, aber zuverlässig.

Rebrovs Uhr zeigte 23.46 Uhr, im Abteil war das blaue Nachtlicht eingeschaltet. Olga und Sereža schliefen in den oberen Betten. Staube schenkte den Rest Kognak in die zwei Gläser:

– Das mit dem Privateigentum, Viktor Valentinovič, das ist bloß ein Vorwand. Der Parteiapparat ist eine brutale Macht, freilich, aber nicht unbegrenzt. Das ist besonders jetzt zu merken. Und was wissen Sie schon über die Deutschen? Gaskammern für Untermenschen? Erbsensuppe mit Würstchen? Als sie hinter uns her waren, was hat da der Harmonikaspieler gesungen? Rekruten, machts euch nicht zur Qual, der Fritzki kriegt euch allemal!

– Ich tendiere nicht dazu, den Parteiapparat als ausschließlich reaktionäre Kraft anzusehen, – Rebrov griff nach dem Glas, kippte es in einem hinunter, biß ein Stück Apfel ab. – In der gegenwärtigen Situation sind die Kommunisten zu positiven, in der Tat demokratischen Schritten fähig. Und umgekehrt demonstrieren die Demokraten, oder eher Quasidemokraten, eine totalitäre Annäherungsart an die Machtfrage. Die Deutschen machen mir keine Angst, aber sie können mich auch nicht beruhigen. Denken Sie an Goebbels als Student: das Übel ist nichts anderes, als das Mißverhältnis zwischen Sein und Sollen.

– Also ist in Ihren Augen Stalin – eine Kanaille und kein großer Reformator?

– Für den geistigen Aufschwung und die nationale Wiedergeburt Rußlands hat Stalin mehr getan als alle russischen Führer samt Eroberern. Als Christ und vernünftig denkender Mensch begrüße ich Stalins Reformen. Als Ökonom und Geopolitiker begrüße ich sie ebenfalls. Doch als Vertreter der russischen Intelligenzija kann ich nicht anders als diese Reformen verurteilen. Wohlgemerkt – die Reformen! Und nicht Stalin. Rufen Sie sich Berdjaev ins Gedächtnis: Der russische Kommunismus ist einerseits eine weltumgreifende internationale Erscheinung, andererseits – eine russische und nationale. Lenin, o weh, hat das nicht begriffen.

– Dafür war er sich über die Konterpartnerschaft Deutschlands sehr wohl bewußt.
– Die Stalin einfach intuitiv begriff. Nicht bewußt, sondern intuitiv.
– Und trotzdem hasse ich Stalin, – Staube trank seinen Kognak aus, – seine Inkonsequenz, seine Energielosigkeit, sein Unwille, bei der Entscheidung wichtigster Fragen Charakter zu zeigen, sein Beharren auf dem Bund der Intelligenzija mit den Bauern als Gegengewicht zum Proletariat... Scheißkerl, verdammter Scheißkerl! Das Mieseste ist, wenn ein genialer Mensch nicht fähig ist, sein Talent zu gebrauchen. Die Rote Armee der Führung zu berauben, wäre Anfang der dreißiger Jahre die größte Segenstat gewesen, es 37 oder 40 zu machen, war das größte Verbrechen! Die Liquidierung des wohlhabenden Bauerntums, die Plünderung der Bauernhöfe, die Einführung der Kolchosenfron – alles genial, toll, aber...
– Aber das Ende der Zwanziger durchzuführen, war absurd! – Rebrov lächelte.
– Natürlich! Warte noch zehn Jährchen, laß die Bauerntrampel fett werden, laß sie die Scheunen vollmachen...
– Und dann erst – zugelangt! Wenn er wenigstens erst 36 damit angefangen hätte, der Effekt der Entkulakisierung wäre fünf-, wäre zehnmal größer gewesen. Das russische Bauerntum begann ökonomische Unabhängigkeit eigentlich erst gegen 1910 zu erlangen, dann Krieg, Revolution, die idiotische Getreideablieferungspflicht von Lenin und Trockij und nach einer kurzen Pause die Kollektivierung...
– Und die nationale Frage?! Von Stalin wie immer genial ausgedacht, aber die Durchführung – ein Selbstläufer! Und Sie schimpfen auf Bismarck!
– Nicht auf Bismarck, sondern auf die preußischen Philister, die seine Ideen ausgehöhlt und pervertiert haben.

Molotov und Bucharin waren auch solche Philister, die die allgemeine Verachtung verdient haben. Stalin ernsthaft helfen konnte nicht Kaganovič, sondern Zinovjev. Wäre sein Schicksal anders verlaufen, würden wir in einem anderen Staat leben. Der Weg Zinovjevs durch die Labyrinthe der Macht war genauso tragisch wie der von Himmler: ein leuchtender Stern, der in den starren bürokratischen Strukturen unterging.

– Erstaunlich! – Staube schälte mit dem Taschenmesser einen Apfel, – Keiner von diesen roten Truthähnen hat gewagt, die Hand nach rechts auszustrecken, an eine verläßliche Schulter zu fassen, sich Rat zu holen! Was ist das, verdammt nochmal? Egoismus oder Angst?

– Obtraston, – war Rebrovs Antwort nach kurzem Überlegen.

Der Zug begann abzubremsen, draußen huschten die Lichter einer Stadt vorüber.

– Sverdlovsk, – Staube sah aus dem Fenster.

– Hier sind Sie auch schon gewesen?

– Noch nie! – Staube lachte. – Sechsundsechzig Jahre hat es gebraucht, um bis hierher zu kommen! Da haben Sie Ihr Rußland! Darauf stoßen wir an!

– Auf einen Weg von sechsundsechzig Jahren?

– Genau darauf! – Staube zog eine Flasche Vodka aus dem Rucksack, machte sie auf, – Diese wahnsinnigen russischen Entfernungen haben mir immer gefallen. Sie sind irgendwie… aufregend! Stimmts?

– Im Gegenteil – mich bedrücken sie. Übrigens, Genrich Ivanyč, haben Sie die Stange kontrolliert?

– Klar doch! Schon heute früh, als Sie beim Waschen waren. Der Konus steckt in der Eintrittsöffnung.

– Wie weit?

– 4, 7. Die Basis ist nicht zu sehen.

Rebrov nickte zufrieden, schob sein Glas hin:

– Na denn, in diesem Falle können wir uns in aller Seelenruhe einen genehmigen.

Um 9.12 Uhr wurden sie geweckt, die Zugbegleiterin klopfte an die Tür. Rebrov machte auf, sie kam herein, stellte Teekanne und Gläser auf den Tisch:

– Wunderschönen guten Morgen! Wieso haben Sie denn Omsk verschlafen? Da waren soviel Händler auf dem Bahnsteig, Wahnsinn! Wolfsfellmützen für hundert Rubel, Tücher aus Ziegenhaar für nur fünfundzwanzig, weiße Stiefel... zum Verrücktwerden! Sowas muß man filmen!

– Macht nichts, ein andermal... – grunzte Staube heiser; er bückte sich gerade nach seiner Prothese, die auf dem Boden lag.

– Was ist das für ein Fluß? – Sereža guckte vom oberen Bett herunter.

– Der Irtyš.

– Warum ist er nicht zugefroren?

– Die Strömung ist schnell, deshalb friert er nicht zu. In einem halben Stündchen bringe ich nochmal Tee.

Sie ging und schlug die Tür laut zu.

– Die heizen hier vielleicht was! – Olga warf ihre Decke zurück und streckte sich.

– Hitze schadet alten Knochen nicht, Olenka, – Staube hatte sich auf der Sitzbank niedergelassen, schenkte sich ein Glas Tee ein, nippte. – Ach, herrlich.

Rebrov zog sich an, griff nach seinem Aktenkoffer, klappte ihn auf, roch an der Tüte mit dem Stück Brust von Leontjev.

– Was ist, riecht es verdorben? – fragte Staube.

– Nein. Alles in Ordnung, – Rebrov packte den Aktenkoffer weg, nahm Handtuch, Zahnpasta und Zahnbürste. – Nach dem Frühstück Auswerfen auf dem kleinen Felderplan. Sereža ist Wachhabender.

Zu Mittag aßen sie im halbleeren Speisewagen. Während sie auf den Nachtisch warteten, legte Olga auf dem Tisch die Patience »Napoleons Grab«, Rebrov rauchte und sah aus dem Fenster, Sereža drehte am Rubycube, Staube las laut aus »Der silberne Fürst« vor:

»Die Mehrzahl der Diener, in veilchenfarbenen, goldbestickten Samtkaftans, traten vor ihren Herrn, machten eine tiefe Verbeugung und eilten paarweise davon, die Speisen aufzutragen. Bald kehrten sie zurück, an die zweihundert gebratene Schwäne auf goldenen Tabletts hereinbringend. Als die Schwäne verspeist waren, liefen die Diener paarweise aus dem Saale und kehrten mit dreihundert gebratenen Pfauen zurück, deren Schwanzfedern aufgefächert über jedem Tablett schwankten. Den Pfauen folgte Fleischpastete, Hühnerpastete, Piroggen, gefüllt mit Fleisch und mit Käse, alle Arten von Bliny, Backhörnchen und Fladen. Und das Mahl wurde fortgesetzt. Zuerst wurden verschiedene Sülzen auf die Tische gestellt; dann Karaffen mit würzigem Trank, gepökeltes Hähnchenfleisch mit Ingwer, entbeinte Ente und Hühnchen mit Gurken. Danach wurden verschiedenste Suppen aufgetragen, darunter drei Sorten Bouillon: weiße, schwarze und safrangelbe Hühnerbouillon. Nach der Bouillon wurde Haselhuhn mit Pflaumen gereicht, Gans mit Hirse und Birkhenne mit Safran. Die Köche des Fürsten übertrafen sich an jenem Tag. Noch niemals waren ihnen die mit Zitronen gemachte Kalja, die am Drehspieß gebratenen Nierchen und die mit Hammelfleisch gefüllten Karpfen so gelungen. Schmackhaft und köstlich war desgleichen das Kaninchen auf Nudeln, und die Gäste, wieviel sie auch verschmaust haben mochten, ließen weder die Wachteln im Knoblauchsud aus noch die Lerchen mit Zwiebel und Safran.« So ist das, Olga Vladimirovna. Und da sagen Sie – keine schlechte Küche.

– Nicht aufgegangen, – Olga sammelte die Karten ein.

Die Bedienung brachte Kaffee und vertrocknetes Gebäck. Rebrov zahlte gleich, gab zwei Rubel Trinkgeld.

– Da beißt man sich ja die Zähne aus, – Olga hatte von dem Gebäck abgebissen und spuckte aus.

– Geben Sie es den Bettlern an den kleinen Bahnstationen, – Staube gähnte. Der Zug bremste ab.

– Das ist Novosibirsk, – Rebrov sah auf die Uhr, – Man müßte mal rausgehen, um Luft zu schnappen.

– Ich geh schlafen, – Staube stützte sich auf seinen Stock und erhob sich.

Sie gingen ins Abteil zurück, Staube nahm ein Buch und legte sich hin, Olga, Rebrov und Sereža zogen sich etwas über und gingen auf den Bahnsteig.

– Kalt ist das! – Sereža kuschelte sich an Olga.

Die Zugbegleiterin stand daneben und kaute Sonnenblumenkerne:

– Das soll kalt sein? Bloß achtundzwanzig Grad minus. Kalt ist es, wenn es unter vierzig hat.

Ein Kerl in zerrissener Felljacke kam auf sie zu:

– Chefin, ich kauf dir einen Vodka ab.

– Wir verkaufen keinen Vodka, – sie spuckte Schale aus.

– Kriegst dreißig.

Sie drehte sich weg. Der Kerl tappste mit knarzenden Stiefeln davon. Dann trat ein alter Opa in wattierter Jacke an die Zugbegleiterin heran und band einen Leinensack auf:

– Na komm, meine Liebe, guck mal rein!

Im Sack lag ein Schweinskopf.

– Da machst du Sülze draus – die hält dir bis Fastnacht! – der Opa grinste.

– Wann ist es geschlachtet worden? – die Zugbegleiterin betastete den Kopf.

– Vorgestern. Den Sack kannst du dazuhaben.

Die Zugbegleiterin überlegte, dann zog sie eine Flasche Vodka aus der Tasche und gab sie dem Alten.

– Na siehst du! – er ließ sie in der Jacke verschwinden und ging.

– Aufenthalt – fünfzehn Minuten! – die Zugbegleiterin zwinkerte Sereža zu, packte den Sack und stieg in den Waggon.

– Nicht schlecht, der Bahnhof, – Olga betrachtete das Bahnhofsgebäude, – schöner als bei uns in Norilsk. Gehen wir mal rein?

– Wir verzichten, – Rebrov zündete sich eine Zigarette an.

– Ach, Vitjenka, bist du aber vorsichtig! – Olga zog ihm die Papirossa aus dem Mund, nahm einen Zug, warf den Kopf nach hinten und blies den Rauch hoch hinaus.

Zweiundsiebzig Kilometer vor Ačinsk an der Bahnstation Bogotol stiegen drei Eisenbahnarbeiter in wattierten Jacken und gelben Westen in den Waggon Nr. 7.

– Und im Depot haben sie rumgetönt, du seist im Schwangerschaftsurlaub! – der älteste von ihnen grinste die Zugbegleiterin an, – haben gedacht, jetzt hat auch noch die letzte Landsmännin den »Enisej« verlassen. Niemand mehr, der uns mit Tee versorgt!

– Ich versorg euch schon, bloß die Stiefel abklopfen! – die Zugbegleiterin lächelte.

Rebrov, der im Gang stand, zwinkerte Olga bedeutungsvoll zu. Sie nahm ihre Handtasche, öffnete sie, holte Handspiegel und Lippenstift heraus und begann sich die Lippen zu schminken.

– Olenka, Sie sind auch ohne – Sophia Loren, – bemerkte Staube, der gegenüber lag.

– Das Kapitalistische auf die 7, – meinte Olga.

Staube erhob sich ächzend. Sereža kletterte flink vom obersten Bett herunter, steckte den Rubycube in den Rucksack.

– Hast wieder alle Kojen voll? – fragte ein etwas jüngerer Arbeiter die Zugbegleiterin.

– Ach, bloß zwölf! Nehmt irgendein Abteil, ich bringe gleich Tee.

– Das hört man gern! – die Arbeiter gingen ins erste Abteil.

Rebrov trat in sein Abteil und setzte sich an die offene Tür.

– Und ich hab gedacht, ihr steigt wieder in Zercalye zu, – die Zugbegleiterin ließ kochendes Wasser aus dem Kessel laufen.

– Da hatte es Schneewehen – kein Durchkommen! Seit Mittag haben sie geschippt. In Vagino standen schon drei Züge.

Rebrov sah auf die Uhr:

– 22.16 Uhr. Wir haben siebzehn Minuten Verspätung. Alles fertigmachen.

In Ačinsk stiegen zwei Fahrgäste zu: ein Mann in Felljacke und Fellmütze, mit einem Koffer, und eine Frau mit zwei Taschen, in weißer Daunenjacke.

– Ablik, – wisperte Rebrov leise und wurde blaß.

Um 23.51 Uhr durchfuhren sie Tarutino, Rebrov nickte. Olga zog die Pistole aus der Handtasche, spannte sie:

– Alle auf den Boden. Die Zwischenwände hier sind dünn wie Papier.

– Olenka, ich glaube, sie haben Bleiwesten an, – raunte Staube, während er eine Stellung auf dem Boden suchte.

– Danke! – Olga lächelte nervös, sie sprang in den Gang hinaus und schoß zweimal auf den am Fenster stehenden Arbeiter. Er sackte zu Boden, zwei andere sprangen heraus in den Gang mit Pistolen in der Hand, eröffneten das Feuer.

– Hinlegen! – schrie hinter Olga der Mann, der in Ačinsk zugestiegen war, sie warf sich auf den Boden, feuerte weiter auf die Arbeiter. Der Mann mit Fellmütze gab aus einer MP eine langen Feuerstoß auf die Arbeiter ab, mähte sie nieder. Hinter den Getroffenen tauchte ein Milizionär mit MP auf der Waggonplattform auf, Olga und der Mann mit Fellmütze schossen, er war getroffen. Aus dem Abteil Nr. 8 lugte ein Mann mit Pistole hervor und schoß auf die Frau in der weißen Jacke, sie stand Rücken an Rücken zu dem Mann mit Fellmütze. Gellend schrie sie auf und antwortete mit einem langen Feuerstoß, der Mann sank im Türrahmen zusammen, sein Begleiter begann hinter ihm hervorzuschießen, doch Olga, die inzwischen aufgestanden war, jagte ihm zwei Kugeln in den Kopf, und der Mann mit Fellmütze hielt noch ordentlich aus der MP drauf. Die Frau schrie immer noch, sie hatte die MP fallen lassen und sich auf den Boden gesetzt.

– Vasilij, was, hats dich erwischt? – der Mann mit Fellmütze stieg über ihre in Pelzstiefeln steckenden Füße, lief durch den Waggon und machte alles nieder. – Uuh, Scheißbrut! Gesindel!

Olga riß die Tür zum zweiten Abteil auf, schoß einer schlafenden Frau ins Gesicht, stürzte weiter zum Abteil der Zugbegleiterin: die saß auf dem Boden, hielt sich die zerschossene Hand, neben ihr lag ein krächzen des Walkietalkie. Olga zertrümmerte es mit einem Schuß, richtete die Waffe auf die Zugbegleiterin:

– Was macht der Tee?

Der Mann mit Fellmütze war mit den Fahrgästen fertig, verriegelte die Tür zur Plattform und kehrte zu seiner verwundeten Freundin zurück:

– Wo hats dich denn, Vasilij?

– Gib… – die Frau mußte aufstoßen, aus dem Mund kam ein Schwall Blut und lief über die weiße Jacke.

Rebrov und Staube streckten die Köpfe aus dem Abteil.
– Hey, ihr Schweine, sich verziehen wie die Ratten und die Frau zum Ballern rausschicken?! – wandte der Mann mit Fellmütze sich wütend zu ihnen.
– Es mußte sein, – brummte Rebrov.
– Es mußte sein! Jetzt helft dem Mädel schon! – er wechselte das Magazin, lief zum Abteil der Zugbegleiterin, wo Olga stand. – Aha, da ist sie ja, die kleine Hübsche – nimm den Ärmel von der Fresse! Wieviel Schweißhunde sind im Zug?
– Ich weiß nicht, – die Zugbegleiterin verzog das Gesicht vor Schmerz, – sie waren hier… und im ersten Waggon. Ich gehör nicht dazu…
– Und das gehört auch nicht dazu? – Olga deutete mit dem Pistolenlauf auf das Walkie-talkie.
– Das gehört denen, – die Zugbegleiterin schluchzte auf, – sie haben mich gezwungen. Sie bringen meine Mutter um, haben sie gesagt…
– Verzapf keinen Scheiß, – Olga schmunzelte.
– Mikola… Mi… kola, – röchelte die verwundete Frau. Rebrov hob ihren Kopf an.
– Was ist, Vasilij? – Mikola ging hin, – Eine Schramme verpaßt, die Schweine? Schon gut, wir bringen dich schon bis hin, dann kommt der Arzt.
– Mikola… sag Skoba… er soll meinen Teil nicht einzahlen.
– Das wirst du alles selber sagen, lieber Freund. Wir beide werden in Zukunft noch Auftritte haben – daß alle mit den Ohren schlackern!

Wieder kam ein Schwall Blut aus dem Mund der Frau, sie hustete. Auf der nähergelegenen Plattform ertönte ein Pfiff, Olga fuhr herum.
– Ruhig, das ist Marik, – Mikola pfiff zurück. Auf der Plattform erschien Marik in der Winteruniform eines Eisen-

bahners, Pistole in der Hand. Er stieg über die Leiche des Milizionärs, hob dessen MP auf, schaute sich um:
– Na, wie läufts hier?
– Alles okay soweit. Bloß Vasja hats erwischt.
– Das Gepäck ganz?
– Noch ganz, – Rebrov ließ den Kopf der Frau sinken, sie war still geworden.
– Koren wird bei der Waldschneise etwas abbremsen, – Marik steckte die Pistole in die Tasche.
– Sehr vernünftig, – Mikola nickte.
– Aber Kozulka? – fragte Rebrov.
– In Kozulka warten sie schon auf euch mit Begrüßungsgeschenkchen, – Marik grinste und nickte Mikola zu, – mach die Knallfrösche fertig.
– Wird gemacht! – Mikola zerrte die zwei Taschen aus dem Abteil, sie waren vollgepackt mit Benzinkanistern und TNT-Sprengstoff.
– Jetzt das Gepäck, – Marik, Rebrov und Olga trugen alles aus dem Abteil auf die Plattform. Mikola begann eine Zündschnur auszulegen.
– Und wer ist das? – Marik guckte zu der Zugbegleiterin hinein.
– Ein treuer Freund der Miliz, – Olga schmunzelte und knöpfte sich die Felljacke zu.
– Aha, – Marik überlegte eine Sekunde, dann riß er einen Fetzen vom Bettlaken ab, – nun laß schon deine Wunde sehen.

Die junge Frau streckte die Hand hin, er umwickelte sie schnell und zog mit Gewalt den Knoten zu. Sie schrie auf.
– Keine Angst, – er wischte seine blutbeschmierten Hände an der Matratzenauflage ab, – Und jetzt – laß die Absätze flattern. Du kommst mit uns. Als Sonderbevollmächtigter der Bullen.

– Bitte nicht, Onkelchen! – die junge Frau rutschte auf den Knien, – ich habe in Krasnojarsk eine kranke Mutter, Vater ist Kriegsinvalide!

– Wenn du brav bist, wirst du deine Invaliden wiedersehen. Was hast du da? – er stieß mit dem Stiefel in den Sack mit dem Schweinskopf.

– Wildschwein, – schluchzte die Zugbegleiterin.

– Wo ist der Tee?

– Da oben.

Er machte den Schrank auf, räumte Teepäckchen, Zucker und Gebäck aus und packte alles in den Sack zu dem Schweinskopf.

– Erledigt, – Mikola zeigte das Ende der Zündschnur.

– Warte, – Marik zerrte den Sack in den Gang, – alle auf die Plattform!

– Sereža, die Mütze! – Olga gab dem Jungen einen Schubs, er rannte los und kam mit der Mütze auf dem Kopf zurück.

Der Zug begann scharf zu bremsen.

– Du zündest an, wenn ich Handzeichen gebe! – Marik öffnete die Tür, eisige Luft schlug auf die Plattform herein, – Kommen Sie, Herrschaften! Der Schnee ist tief hier.

Als erster sprang Rebrov mit dem Zwischenblock, dann Olga mit der flüssigen Mutter, nach ihr Sereža mit dem Rucksack und dann Staube. Von der Zugspitze kam ein dreifaches Lichtsignal, Marik antwortete mit einer Taschenlampe und gab Mikola das Zeichen:

– Anzünden!

– Angezündet! – Mikola hatte die Zündschnur in Brand gesetzt, rannte auf die Plattform, stieß der Zugbegleiterin die MP rein. – Spring schon, du Kuh!

Die Zugbegleiterin sprang, nach ihr Mikola und Marik. Ein Ruck ging durch die Waggons, sie legten wieder Geschwindigkeit zu. Der Zug fuhr davon.

– Fick mich ins Knie! – Staube rieb sich den Schnee aus dem Gesicht, wälzte sich aus einer Schneewehe heraus, – Angekommen…

Ringsum war es finster. Nur schwach zeichnete sich im trüben Mondlicht ein Waldrand ab und in der Ferne niedrige Hügel.

– Wie gehts der Mutter? – Rebrov zog den Zwischenblock aus dem Schnee und stellte ihn auf die kaum erkennbaren Eisenbahnschwellen.

– Ganz leidlich! – mit Mühe hob Olga den Koffer auf, sie rief, – Serež! Alles klar bei euch?

– Okay! – rief Sereža.

Fünf Minuten später kam Marik mit drei MPs, Mikola mit dem Sack und die heulende, leicht humpelnde Zugbegleiterin. Marik leuchtete mit der Taschenlampe:

– Was macht das Gepäck?

– Alles ganz, – erwiderte Rebrov.

– Ich habe meinen Stock verloren! – Staube buddelte in der Schneewehe, – leuchte mal her!

Marik leuchtete hin:

– Etwas spät gebremst. Müssen uns bis zur Schneise zu Fuß durchschlagen.

– Weit? – Rebrov schaute sich um.

– Ein knapper Kilometer.

– So eine Scheiße, weg! – Staube stand von den Knien auf, – Serež, hilf du mir wenigstens!

Aus der Richtung des davongefahrenen Zuges kam ein schwaches kurzes Aufblitzen, dann der Knall einer Explosion.

– Oh! Das ist an der Spitze! – Mikola grinste, – Unseres blitzt ein bißchen heller!

Kurz darauf erhellte ein greller Blitz den Horizont.

– Oh, sehr schön! – Mikola schnalzte mit der Zunge, – hab schon Zweifel bekommen. Oh! Gehabt euch wohl! – er zog die Fellmütze und verbeugte sich in Richtung des roten Scheins am Himmel.

– Der Stock... mein Buchsbaumstock, – Staube gab nicht auf, – seit 1958!

– Wir finden einen neuen für Sie, – Marik knipste die Taschenlampe aus, – gehen wir, die Zeit ist wertvoll.

Staube spuckte aus, stapfte aus der Schneewehe heraus, packte seine Mappe und Rebrovs Aktenkoffer. Marik nahm Olga den Koffer mit der flüssigen Mutter ab, Mikola und Rebrov nahmen die Kiste mit dem Zwischenblock hoch. Sie liefen die vom Schnee verwehten Gleise entlang. Nach ungefähr zwanzig Minuten kam von hinten ein Pfiff.

– Stop. – Marik stellte den Koffer ab und erwiderte den Pfiff. Sie wurden von zwei in Eisenbahneruniform eingeholt; einer hatte eine Kalašnikov mit abgesägtem Lauf umhängen, der andere trug eine kleine Tasche bei sich.

– Ich mußte, Marik, ich hab dein Fernglas liegengelassen! – meinte der mit der MP, er schnaufte heftig, lächelte. – Als wir das Ding rüberzogen, habe ich es abgenommen, weil es herumbaumelte, und dann ist dieser Schwanz mit der Knarre auf uns los, kurz gesagt, bis Koren und ich ihn soweit hatten, hab ich naturgemäß nicht mehr ans Fernglas gedacht und es liegenlassen!

– Ein Fernglas... – Marik winkte müde ab, – bei uns hat Kolja Vasilij liegengelassen.

– Wie das? Abgeknallt?

– Es hat sie erwischt, Ljutik, – Mikola schneuzte laut, wischte sich die Hand an der Felljacke ab. – Die Schweine sind auf uns los, wie die Würmer aufs Aas, konntest nicht sehen, von wo sie ballern! Kaum hatte ich den ersten abgeknallt, kamen zwei andere aus ihren Löchern, haben ihn unterhalb vom Herz getroffen.

– Leck mich... – Koren schüttelte den Kopf.

– Ich hab ihm deshalb die zwei Prisen zum Schnüffeln auch nicht gegeben! – seufzte Ljutik.
– Gib sie mir, – Marik lächelte müde. – In den Speisewagen habt ihr natürlich nicht geguckt.
– Wann hätten wir denn, Marik!
– Skoba zieht uns das Fell über die Ohren.
– Der Speisewagen! – Koren lächelte mürrisch. – Gut, daß wir lebend rausgekommen sind. Hat jemand eine Zigarette für mich?

Olga öffnete ihr Zigarettenetui, hielt es ihm hin. Koren, Ljutik und Mikola bedienten sich.
– Geraucht wird erst im Wald. – Marik hob den Koffer hoch. – Wartet, wir sind gleich da...

Sie liefen noch ungefähr zweihundert Meter auf den Schienen, dann bogen sie nach links, überquerten eine tiefverschneite schmale Schneise und kamen in den Wald. Sie zündeten die Zigaretten an. Marik stieß einen Pfiff aus. Von nicht sehr weit her kam ein Pfiff zurück.
– Oh! – Mikola schnalzte mit der Zunge. – Gut, daß du dich auskennst...

Sie liefen noch ein Stück.
– Kuckuck! – Hinter einer dicken Fichte kam ein junger Kerl hervor, knielange Felljacke, zottige Fellmütze, über der Schulter ein doppelläufiges Gewehr. Ganz in der Nähe standen zwei im Dunkeln kaum zu erkennende Pferde, jedes vor einen Schlitten gespannt.
– Brav hergestapft! – Der Bursche lachte, – hab gehört, wie es geknallt hat!
– Grüß dich, Vitja, – das Gesicht verziehend, setzte Marik den Koffer ab. – Puh, leck mich... bei eurem Gepäck renkt man sich ja die Schulter aus...
– Wir haben es nicht zum Spaß dabei, – sagte Sereža.
– Na, wie liefs, alles klar? Hingebracht?

– Vasilij haben sie abgeknallt, – Marik zündete sich die ausgegangene Papirossa wieder an.
– Mann, verdammt! Waren es viele Bullen?
– Scheißviele.
– Das waren ganz und gar keine Bullen, – meinte Rebrov schwer schnaufend.
– Wer dann? – Ljutik drehte sich zu ihm um, – der KGB etwa?
– Auch nicht der KGB.
– Wer denn dann?
– Später, alles später, – Rebrov winkte müde ab.
– Also, dann fahren wir mal, – Marik ging zu den Pferden. Die Zugbegleiterin fiel auf die Knie:
– Ich bitte euch, seid so lieb, laßt mich gehen! Ich hab euch doch nichts getan, ich weiß doch auch nichts! Sie haben mir doch nichts gesagt – wer sie sind und woher, kamen rein und hielten mir die Pistole vor! Laßt mich!

Sie fing zu schluchzen an.
– Steig schon in den Schlitten, Kuh! – Mikola gab ihr einen Stoß.
– Ihr werdet mich doch töten! Jungs, bitte! Tuts nicht! Ich schicke euch Geld! Laßt mich, nicht umbringen! Ich erwarte ein Kind!
– Wer hat denn was davon, dich umzubringen! – Marik lächelte und zog die Decke vom Rücken des Pferdes. – Wir bringen keine Frauen um. Wir ficken dich ein bißchen und lassen dich gehen. Das Kind rühren wir nicht an. Nicht rumquatschen, hinsetzen.

Heulend setzte sich die Zugbegleiterin in den Schlitten. Marik, Olga, Sereža und Rebrov mit der flüssigen Mutter setzten sich zu ihr. Die anderen hockten sich samt restlichem Gepäck in den zweiten, geräumigeren Schlitten.
– Vitja, fahr voraus. – Marik nahm die steifgefrorenen Zügel auf, riß sie zur Seite, das Pferd zog den Schlitten nach links.

– Hüah! – Vitja peitschte das Pferd mit den Zügeln, der Schlitten glitt auf eine frisch gelegte Spur. – Hör mal, drüben in der Senke ist alles zu mit Schnee, ich bin über den Felsen gefahren.
– Scheißegal. – Marik wickelte sich einen Schal um Mund und Nase, warf sich eine Decke über den Schoß. – Fahren wir eben über den Felsen.

Es ging los. Die Schlittenspur schlängelte sich durch die Bäume, die Pferde versanken bis zu den Knien im Schnee. Der Mond kam hinter den Wolken hervor und schien in den verschneiten alten Nadelwald.
– Dauert die Fahrt lang? – fragte Rebrov.
– Ungefähr drei Stunden, – erwiderte Marik, er zog den Schal weg. – Wir fahren durch Tajga, dann kommt ein normaler Weg.

Eine knappe dreiviertel Stunde fuhren sie schweigend hinter Vitjas überladenem Schlitten her, in dem ununterbrochen eine lebhafte Unterhaltung im Gange war. Die zwischen Rebrov und Olga eingeklemmte Zugbegleiterin begann in regelmäßigen Abständen zu heulen, zwischendurch war sie still. Ein Stück vor ihnen zog sich jetzt ein Stacheldrahtzaun durch den Wald.
– Was ist das? Ein Gefangenenlager? – fragte Olga.
– Dort stehts. – Marik schmunzelte und schlug seinen Kragen hoch.

Sie fuhren näher heran. An den Zaunpfählen sah man überall dieselben Metallschildchen:

ZUTRITT VERBOTEN!

RADIOAKTIV VERSEUCHTE ZONE!

LEBENSGEFAHR!

Die Schlitten fuhren zwischen zwei Pfählen hindurch, bei denen der Stacheldraht durchgeschnitten und aufgewickelt war.

– Ist es hier wirklich lebensgefährlich? – fragte Sereža.
– Im Winter nicht, – Marik steckte sich eine Zigarette an.
– Und warum?
– Wegen Kočanu! – gab Rebrov schnell zur Antwort. – Wegen Vitičgu.

Sereža sagte nichts mehr. Olga legte den Arm um ihn, drückte ihn an sich und schob ihm die Mütze ins Gesicht:
– Schlaf, mein Kindchen, schlaf.
– Schlaf selber! – murrte Sereža.

Sie fuhren einen Hügel hinunter und kamen auf einen breiten, schneeverwehten Weg mit kaum erkennbaren Schlittenspuren.
– Der Weg ist nicht so übel! – schrie Mikola. – Los, Marik, wer schneller ist!

Vitja pfiff, gab dem Pferd die Peitsche, es trabte schwer durch den Schnee. Marik gab dem seinen die Peitsche, der Schlitten ruckte, das Pferd galoppierte los. Der Weg zog sich am Fuß eines größeren Hügels entlang, war gesäumt von schief stehenden und umgefallenen Telegrafenmasten mit abgerissenem, verheddertem Leitungsdraht. Der Mond schien jetzt hell.
– Fahren hier keine Autos? – fragte Olga und blinzelte dabei Rebrov zu.
– Seit siebenundzwanzig Jahren nicht, – erwiderte Marik.
– Meine Hand tut weh! Ich sterbe! Ich muß ins Krankenhaus! – jammerte die Zugbegleiterin.
– Blutet es noch? – Olga half ihr, die verwundete Hand aus dem Ärmel des Eisenbahnermantels zu ziehen. Der weiße Stoff war schon fast vollgesogen mit Blut.
– Ich spür sie nicht! Sie ist wie taub! – die junge Frau weinte.
– Hör auf zu heulen, wir sind gleich da, – Marik schauderte vor Kälte, er spuckte den Zigarettenstummel aus. – Wir haben einen Arzt, der ist besser als alle Krankenhäuser.

– Komm, wir binden noch einen Schal um den Ellbogen, – Olga nahm ihren Schal ab und band ihn ihr um den Arm.

Zweimal versperrten tiefe Gräben den Weg, die sie auf einem Umweg durch den Wald umfahren mußten.

– So eine verdammte Scheiße! – Marik mußte das Pferd am Zaum führen, half ihm aus dem Schnee heraus. – Und vor Kozulka ist überhaupt alles aufgegraben, da kommst du zu Fuß nicht durch. Doppelter Stacheldraht...

Als sie weitere zirka 25 Kilometer gefahren waren, bog der Weg um eine steile Anhöhe und führte dann hinunter in ein breites Tal, dessen beinahe gesamte Fläche von einer verlassenen Stadt eingenommen wurde.

– Na los, ab durch die Mitte! – schrie Vitja und ließ dem Pferd die Zügel. Der Schlitten sauste den Berg hinunter. Mikola pfiff. Marik begann auf sein Pferd einzupeitschen und hinterherzujagen. Sie kamen an einem Haufen verrosteter verschneiter Maschinenteile vorbei, fuhren um das zerfallene und von Fichten zugewucherte Kino »Sajana« herum und weiter auf der Čechovstraße. Entlang der Straße zogen sich zweigeschossige Ziegelhäuser mit zerschlagenen Scheiben und eingestürzten Dächern. Das Gebäude eines Einkaufsladens war zwischen Fichten und Gebüsch versunken; durch das Dach eines davorstehenden Omnibusses wuchs eine Zeder. Sie bogen nach links und fuhren die breite Leninstraße entlang.

– Und wie hieß diese Stadt? – fragte Sereža.

– So wie der Fluß. Čulym, – Marik nahm den Schal vom Gesicht, – Ihr habt Glück, Herrschaften, mit dem Rückenwind. Wenn er von den Hügeln herunterkäme, hätten wir ausgeschissen. Dann müßte Skoba uns mit Schaufeln aus dem Schlitten buddeln.

Sie fuhren vor das vierstöckige Gebäude des Stadtkomitees der Partei, Mikola stieß einen Pfiff aus. Die Eichentürflügel des Haupteingangs gingen auf, heraus kam ein Mann in Mantel und Hut, ein doppelläufiges Gewehr in der Hand:

– Halli, hallo, und schon steifgefroren wie Streichhölzchen.

Ohne ihm Beachtung zu schenken, sprangen Vitja und Marik vom Schlitten, nahmen die Pferde beim Zaum und führten sie ins Vestibül des Stadtkomitees.

– Das haben sie nur so gemacht, – grinsend legte der Mann im Hut den schweren Türriegel wieder vor. – Halli, hallo, und alles wieder gut.

Im frostigen Vestibül brannten zwei Petroleumlampen. Alle stiegen aus den Schlitten, luden das Gepäck aus.

– Ist das Wasser heiß? – fragte Marik den Mann im Hut.

– Wasser heiß, Wasser heiß, Wasser heiß, – er begann das Pferd auszuspannen.

– Oj! Mein Kreuz ist ganz steif! – Vitja streckte sich.

– Und was ist das? – Sereža ging zum Tisch der Pförtnerloge, auf dem ein toter Hase von der Größe eines Schweins lag. Der gekrümmte Rücken des Hasen war von beulenartigen Wucherungen überzogen, bei der von Blut dunklen Schnauze standen gelbe Vorderzähne heraus.

– Ein Produkt der Natur. Ein Säbelzahnhase, – Marik hustete, nahm den Sack unter den Arm. – Toljapa, nicht zu viel Futter geben.

– Futter, Futter, und sowieso – hallo. – Der Mann im Hut führte das Pferd hinter die Garderobentheke, stellte ihm einen Eimer Wasser hin.

– Der Znedo nicht als erstes! – zischte Rebrov Olga an.

– Den Sterilen! Auch ich! – schnaubte Olga zurück.

Sie nahmen das Gepäck und stiegen in den Keller hinunter. Marik leuchtete mit der Taschenlampe auf eine Stahltür, er klopfte.

– Wer da? – kam es gedämpft von hinter der Tür.

– Die Sonne! – rief Marik.

Die schwere Tür ging auf, Wärme und Licht schlugen ihnen entgegen.

– Wie schön! – Kiselek grinste, er ließ die MP sinken und trat zur Seite, – Bujerzi, Mann…

– Ach, mein kleines Klöppelchen, mein Springfröschchen! – Ljutik pustete ihm ins Gesicht.

– Ich hab die Birke gesehen, Kiselek, – Vitja zwinkerte ihm zu, während er den Koffer mit der flüssigen Mutter hineintrug.

– Die Birke haben alle gesehen! – Mikola lachte.

– Bujerzi, Bujerzi! – Kiselek lächelte und verriegelte die Tür.

Der Kellerraum war völlig überheizt, mattierte Deckenlampen gaben ein gleichmäßiges Licht, die Wände waren mit poliertem Furnier verkleidet.

In einer kleinen Garderobe legten sie Jacken und Mäntel ab.

– Mein Gott, endlich im Warmen, – Staube wickelte sich aus dem Schal, – Ist das Scheißhaus auch geheizt?

– Aber logo, – Marik befreite sich aus dem engen Eisenbahnermantel. – Solang der Diesel reicht – ist doch klar.

Olga half der bleichen, schwankenden Zugbegleiterin aus dem Mantel.

– Tok, tok, zum Chef, – Kiselek nickte.

Auf einem blauen Läufer schritten sie den Korridor entlang. Alle, die hier im Keller hausten, hatten akkurat kahlgeschorene Köpfe.

– Tok, – Kiselek blieb vor der Tür mit dem Schildchen »2. SEKRETÄR« stehen, klopfte an.

– Klipp ab! – schrie es hinter der Tür.

– Leck mich am Arsch! – Marik und Kiselek tauschten einen Blick. – Hat er etwa schon?

– Eine Krähe hackt der anderen kein Auge aus! – Kiselek

lachte und öffnete die Tür. Sie kamen in ein großes Büro, das vollgestopft war mit allem möglichem Kram. In der Ecke auf einer Matratze saß Skoba, er war nackt und schaute sich ein Video an. Neben ihm lag ein schweres Maschinengewehr mit Tragegurt. Skobas Schädel war rasiert, oben drauf klebte ein rundes Pflaster. Er glotzte starr in den Fernseher, es lief »Casablanca«.
– Tok, tok, wer wohnt in diesem Kämmerlein? – meinte Kiselek.
– Klipp ab! – schrie Skoba so laut und anhaltend, daß sein verschwitzter tätowierter Körper zitterte.
– Mis, wir haben Gäste mitgebracht, – begann Marik vorsichtig.
– Kliiipp ab! – schrie Skoba.
– Puchnačev und Menzelinčev, – sagte Rebrov laut.
– Kliiipp ab!
– Die Ausarbeitungen des für die Atomindustrie zuständigen Ministeriums für Mittleren Maschinenbau, Projekt Nr. 365, – fuhr Rebrov fort.
– Kliiipp ab! Kliiipp ab! Kliiipp ab! – Skoba sprang auf und richtete das Maschinengewehr auf Rebrov. Marik stieß Rebrov zur Seite, packte Mikola an den Haaren und schleuderte ihn in die entgegengesetzte Ecke des Büros:
– Grau!
– Kliiiiipp ab! – Skoba drückte ab. Mikolas Körper wurde von der großkalibrigen Munition zerfetzt.
– Halt, du rührst mir bloß die Begleiterin an, – kam eine ruhige Stimme aus einer Sprechanlage, die auf dem Tisch zwischen lauter anderen Sachen stand.
– Klipp ab! – Skoba ließ das Maschinengewehr fallen, beschnüffelte seine Finger.

Die Beine der Zugbegleiterin knickten ein, sie sackte auf den Boden.
– Marik, wen? – fragte es aus dem Lautsprecher.

– Mikolka, Dok, – Marik nahm ein vertrocknetes Stück Brot von der Sprechanlage und warf es auf den Boden, – Er hat Vasilij draufgehen lassen.
– Kliiipp ab! – gröhlte Skoba.
– Ich hab euch immer gesagt, daß auf Kleinrussen und Tataren kein Verlaß ist, – fuhr die Stimme fort. – Wieviel Kröten?
– Zwei Riesen, Dok.
– Gratuliere, – die Stimme lachte. – Und zu essen?
– Auch ein bißchen, – Marik seufzte. – Dok, die hier ist voll was zum Ficken. Hats bloß gerade mal kurz umgehauen.
– Verstehe, – die Stimme gähnte. – Gut, einer nach dem anderen reinkommen. Und Susanin – marsch, marsch in die Küche.

Koren nahm den Sack unter den Arm und ging mißmutig brummend hinaus.
– Klipp ab! Klipp! Klipp! – schrie Skoba.
– Puchnačev und Menzelinčev! – Rebrov ging zum Tisch und beugte sich über die Sprechanlage, – Puchnačev und Menzelinčev!
– Haben Ihr Gebrüll schon verstanden, – kam als Antwort, und die Sprechanlage wurde abgeschaltet.
– Mis, sag dann Toljapa, er soll diesen Päderast nach oben befördern, – Marik nickte auf die im Blut schwimmende Leiche.
– Klipp ab! – schrie Skoba scharf und sprang auf die Matratze.

Sie gingen hinaus und ein Stück den Korridor entlang, bis zur Tür mit dem Schildchen »I. SEKRETÄR«.
– Erstes Häschen, – Kiselek streichelte Marik über den Kopf, – Hüpf, hüpf.

Marik ging hinein, Kiselek schloß die Tür hinter ihm:
– Das zweite Häschen heim zu Mama. Ab die Post.

Als zweiter ging Vitja.

– Jetzt noch das dritte Fürzchen und Schluß! – Kiselek lachte, daß der Rest seiner ausgeschlagenen Zähne zu sehen war.

– Ich flipp gleich aus, Kisel, – murmelte Ljutik aufgeregt und ging hinein.

– Und nach mir noch die Honigkuchenpferdchen, – Kiselek verschwand grinsend hinter Ljutik in der Tür.

– Was haben Sie vor?! – zischte der blaßgewordene Staube Rebrov an.

– Vitja, Vitja! – Olga preßte seine Hand. – Vielleicht wissen die von nichts! Weshalb zögern wir? Mach die Brücke, Liebster!

– Ihr sollt nicht dazwischenfunken. – Rebrov machte seine Hand los und öffnete die Tür. Sie traten in ein großes, sauber aufgeräumtes Büro. Am Arbeitstisch saß der Dok. Neben seinem Sessel kniete Kiselek, murmelte irgendwas und hatte die Knie des Dok umfaßt.

– Die Hände, die Hände, – der Dok klatschte ihm auf die Hand, wischte ihm den geschorenen Schädel mit Alkohol ab, wartete eine Minute, dann rieb er den Schädel mit grünlicher Flüssigkeit ein.

– Das Vögelchen, das Vögelchen, mein Kleiner… – brabbelte Kiselek schaudernd.

Der danebenstehende Kolja hielt ihm jetzt den Kopf fest. Der Dok langte mit einem Gummihandschuh in ein Zehnlitergefäß aus Glas, wühlte in verrottetem Laub und zog einen fetten graublauen Wurm heraus.

– Das Vögelchen, das Vögelchen, das Vögelchen! – Kiselek zitterte. Der Dok setzte ihm den Wurm auf den Schädel. Kolja hob den schluchzenden Kiselek von den Knien und führte ihn an einen langen Tisch, an dem nebeneinander aufgereiht Marik, Ljutik und Vitja saßen, ohne sich zu rühren. Die Würmer auf ihren Schädeln bewegten sich kaum merklich. Kolja setzte Kiselek neben Vitja.

– Erst mal die vier, – sagte der Dok und streifte den Handschuh ab.

Kolja zog zwei meterlange Nadeln aus einem abgewetzten Tubus, rieb sie mit Alkohol ab. Die am Tisch Sitzenden hoben ihre linke Hand. Kolja durchstach sie der Reihe nach am He-gu-Punkt und fädelte so die Hände auf die eine Nadel. Sie hoben die rechte Hand. Kolja fädelte sie auf die andere Nadel.

– Gib ihnen dreißig, damit sie hinterher nicht jammern, – der Dok zog ein Stück Gaze über den Hals des Glasgefässes.

Kolja schaltete den Rheostat an, stellte ihn ein, schloß ihn mit zwei Klemmen an die Nadelenden an. Die am Tisch Sitzenden begannen zu zucken. Die Würmer auf ihren Köpfen wurden langsam rot. Als sie die Farbe von reifen Kirschen angenommen hatten, schaltete Kolja den Rheostat ab. Alle kippten kraftlos vornüber auf den Tisch. Kolja zog den Gummihandschuh an, nahm die Würmer von ihren Köpfen, legte diese in ein Gefäß aus blauem Glas und schraubte es mit einem Deckel zu. Der Dok hatte inzwischen vier Kreise aus einem mit Pfeffer bestreuten Pflaster ausgeschnitten und ging zum Tisch. Kolja rieb die Schädel mit Alkohol ab, der Dok klebte die runden Pflaster darauf. Während Kolja die Nadeln aus den Händen zog, holte der Dok aus einem Safe ein konusförmiges Filzfutteral, an dem ein Miniaturvorhängeschloß baumelte. Er sperrte es auf, klappte das Futteral auf und entnahm ihm eine schmale goldene Pyramide, deren Spitze aus silbrig-grünem Metall bestand. Mit einer Spritze zog der Dok eine durchsichtige Flüssigkeit aus einem Reagenzglas auf, dann stach er die Nadel mit Wucht in die Spitze und drückte die Flüssigkeit in die Pyramide.

– Na, na, nicht so faul... – Kolja versetzte denen am Tisch der Reihe nach Ohrfeigen. – Auuuf gehts! Wir warten nicht.

Nach und nach kamen sie zu sich.

– Auf, auf! – der Dok knallte die flache Hand auf den Tisch, – Wer lutscht den Keil?

– Ich, – wisperte Kiselek.

– Ich, – wisperte Ljutik.

– Reiben?

– Ich, – wisperte Vitja.

– Ich, – wisperte Marik.

Der Dok gab Kiselek die Pyramide, dieser begann sofort an der Spitze zu saugen. Kolja hielt Vitja und Marik zwei identische Ebenholzstöckchen hin. Vitja und Marik gingen einander gegenüber auf die Knie, legten die Stirn aneinander und begannen sich mit den Stöckchen hastig am Genick zu reiben.

– Dok, darf ich heute mit dem Weißen? – fragte Kolja.

– Warte, du hilfst mir jetzt mit der Frau, – der Dok räumte Spritze und Reagenzglas weg.

– Wieder in die Werkstatt? – fragte Kolja sehnsüchtig.

– Ja, ja, – der Dok ging hinaus in den Korridor.

– Hören Sie! Würden Sie uns vielleicht endlich mal Ihre Aufmerksamkeit zuteil werden lassen? – Rebrov lief ihm nach.

– Ja, ja, kommen Sie mit, gleich… – der Dok durchquerte den Korridor, öffnete mit einem Schlüssel die Tür zur Werkstatt, ging hinein, machte Licht. Rebrov, Staube, Olga und Sereža folgten. Kolja brachte die schwankende Zugbegleiterin mit herein und begann sie hastig auszuziehen.

– Gleich, gleich. – Der Dok nickte Rebrov beschwichtigend zu, nahm einen Riemen und fesselte dem Mädchen die nackten Ellbogen auf dem Rücken zusammen. Das Mädchen schrie auf.

– Keine Angst, es wird nicht weh tun, – Kolja knöpfte ihr den schwarzen Rock auf.

– Ich bin schwanger! – das Mädchen begann zu weinen.

– Ich geb schon acht auf den Bauch... – Kolja riß den Rock herunter.

– Ich habe eine kranke Mutter, Jungs, mein Vater ist Invalide! Ihr laßt mich doch gehen?

– Wir lassen dich gehen. – Der Dok nickte, während er in irgendwelchen Instrumenten herumwühlte.

– Ihr... der da hat gesagt: wir ficken dich, dann lassen wir dich gehen, und das Kind rühren wir nicht an... Jungs, ich schicke euch Geld! – sie flennte los.

– Wir ficken dich, und dann lassen wir dich gehen, stimmt genau. Das Kind rühren wir nicht an. Dafür garantiere ich. Also los. – Der Dok ging zur Werkbank.

Kolja schleifte das nackte Mädchen hin, flink hatten sie ihren Kopf in den hölzernen Schraubstock gespannt. Sie schrie laut auf.

– Aber hab doch keine Angst, es tut ja gar nicht weh, – Kolja löste den Schraubstock ein wenig.

Der Dok setzte einen Elektrohobel an den Kopf des Mädchens, schaltete ein. Das Mädchen kreischte. Knochenspäne rieselten zu Boden.

– Schon fertig, – er schaltete den Hobel aus, begutachtete die Öffnung im Hinterkopf, dann fing er an, seine Hose aufzuknöpfen. Das Mädchen winselte, ein dünner Blutfaden lief über ihren Rücken.

Der Dok ließ die Hose runterrutschen, zog die Unterhosen runter und steuerte sein erigiertes Glied in die Öffnung:

– Liebste...

Das Glied drang in den Schädel des Mädchens, ein Teil des Hirns quoll heraus. Das Mädchen brüllte, die nackten Beine zappelten.

– Liebste, Liebste, Liebste, – die Ellbogen auf die Werkbank gestützt, begann der Dok sich hin und her zu bewegen. Das Mädchen brüllte. Blut und Hirnmasse liefen ihr über den Rücken. Ihre Beine zuckten jetzt in Krämpfen, aus der Scheide kam Blut, ihr entfuhren Darmwinde.

– Liebste, Liebste, Liiieebsteee, – stöhnte der Dok, das Gesicht an die Werkbank geschmiegt.

– Wir ficken ganz gezielt, – grinsend sortierte Kolja die Instrumente.

Der Dok stöhnte laut auf und erstarrte. Das Mädchen zuckte lautlos. Der Dok richtete sich auf, sein Glied fuhr mit einem schmatzenden Geräusch aus dem Schädel. Er ging zu einem Hocker, auf dem ein Topf stand. Kolja gab ihm ein Stück Seife und goß aus einer Flasche sparsam Wasser darüber.

– Oj, oj… – schnaufte der Dok und seifte sich gemächlich sein Glied ein.

– Hirnfick, Nest fürs Vögelchen! – Kolja lachte.

– Puchnačev und Menzelinčev! – schrie Rebrov, der die Geduld verlor, – Puch-na-čev! Men-ze-lin-čev!

– Wie oft wollen Sie das noch wiederholen? – der Dok lächelte.

– Sehr Verehrter, für was halten Sie uns – für arme Verwandte?! – Staube fuhr auf, – Bittsteller?! Ich könnte Ihr Vater sein!

– Wir haben schon eine ganze Stunde verloren!

– Sie werden sowieso bis Sonnenaufgang warten müssen, – der Dok trocknete sein Glied mit dem von Kolja gereichten Handtuch ab. – Nachts kommt man nicht durch zu den Hangars.

– Und mit Lampen? – fragte Rebrov.

– Sie werden sich alle Knochen brechen. Da ist alles verrottet, alles kurz vorm Einstürzen.

– Was soll das… wofür haben wir uns den Arsch aufgerissen?! – rief Staube.

– Keine Kraftausdrücke mir gegenüber, – der Dok verzog

die Miene, er machte sich gerade die Hose zu. – Haben Sie die Brust?
– Haben wir.
– Zeigen Sie.

Rebrov klappte den Aktenkoffer auf, holte die Tüte mit der Brust von Leontjev heraus, reichte sie dem Dok. Der Dok band die Tüte auf, sah hinein:
– So. Die kleine Narbe, die Härchen, die Brustwarze. An Silvester habe ich sie noch höchstpersönlich abgeknutscht... Kolja, das samt der Tusse – nach oben.

Er warf die Tüte hin. Kolja löste die Schraubstockzwingen, die Leiche sackte auf den Boden.
– Noch ein bißchen – und sie hätte es zur Welt gebracht! – Kolja zwinkerte Olga zu und schob die Beine der Leiche auseinander. Zwischen den blutigen Genitalien war der Kopf des Kindes zu sehen.
– Wo ist der Zwischenblock? – der Dok ging in den Korridor hinaus.
– Da vorn steht er, – Rebrov lief hinter ihm her. Vor dem Zimmer von Skoba krochen Marik und Vitja auf dem Boden herum. Durch die offenstehende Tür hörte man Toljapa jammern.
– Hierher, – der Dok nahm den Zwischenblock hoch, ging in den Funkraum, stellte die Kiste auf den Tisch. – Oj, ein ganz schönes Trumm...
– Es tut weh... es tut so weh... – jammerte Toljapa.
– Öffnen Sie, – sagte der Dok, während er einen feuerfesten Schrank aufsperrte.

Rebrov öffnete den Zwischenblock. Marik und Vitja kamen zur Tür hereingekrochen. Der Dok nahm den Blit und die Fassung aus dem Schrank, schraubte sie zusammen.
– Mein Gott, – murmelte Staube, – und ich hab gedacht... mein Gott!

Rebrov legte den Hebel des Querschiebers um, schob den

Gnek auf die 3, verstellte die Latte auf 2. Marik küßte einen von Doks Stiefeln.

– Hau ab, – der Dok stieß ihn mit dem Stiefel weg.

– Auuuaaa! Auuuaaa! – schrie Toljapa.

– Schließen Sie die Tür ab, – murmelte der Dok, während er zum Zwischenblock ging und sich darüberbeugte.

Olga schloß die Tür ab. Der Dok setzte den Blit in das Achsloch, begann vorsichtig zu drehen. Rebrov faßte an den Hebel des Längsschiebers. Der Gnek begann sich zu drehen, der Blit sank nach und nach ins Achsloch.

– Und ohne jede Elektronik, – der Dok lächelte. – Bloß nicht forcieren.

– Logisch! – brummte Rebrov erfreut. – Die 6, danach die 8 und dann auf den Paraklit.

Marik kroch wieder zum Dok und küßte seinen Stiefel. Rebrov verstellte den Schieber auf die 6.

– Klipp ab! Klipp ab! – Skoba klopfte gegen die Tür.

Der Blit war bis zur roten Marke gesunken, Rebrov verstellte den Schieber auf die 8, zog den Paraklit ab.

– Klipp ab! Klipp ab! – Skoba klopfte weiter.

– Du Arsch… morgen schick ich dich zum Holzhacken! – schrie der Dok.

Marik kroch an Olgas Beine. Der Blit war bis zur Hauptmarkierung eingesunken. Rebrov nahm den Schieber ab, stellte den Gnek auf die 0 und atmete erleichtert durch:

– Hopp.

Olga langte an ihre Handtasche, doch Marik packte sie an den Füßen und riß sie weg. Olga fiel hin, Vitja schnappte die Handtasche.

– Stehenbleiben, – der Dok hatte eine Pistole aus der Tasche gezogen, er hielt sie auf Rebrov gerichtet, während er zur Tür zurückwich, aufsperrte. Mit Waffen in der Hand, kamen die übrigen Kellerinsassen hereingestürzt.

– Ah, Dreckshure! Halt still, Biest! – Marik kämpfte mit Olga, er verrenkte ihr den Arm.
– Hände hoch! – kommandierte Toljapa und schlug Rebrov mit einem blitzartigen Hieb zu Boden.

Staube und Sereža hoben die Hände.
– Ha, – Vitja hatte die Pistole aus Olgas Tasche geholt, gab sie Toljapa.

Ohne hinzusehen, steckte sich Toljapa die Pistole in den Hosenbund, stieß Staube zur Seite und ging zum Zwischenblock:
– Na?
– Fertig, alles fertig, – der Dok fuchtelte mit den Armen. – Mach sie alle.
– Und das Schloß?
– Was ist damit? Das Schloß bringen wir selber auf.
– Du?
– Na ja... wir gemeinsam. Wir bringen es auf, wir schaffen das.
– Wir bringen es auf? Aj-aj-aj... – Toljapa schüttelte erstaunt den Kopf und stieß dem Dok das Knie in die Brust. Der Dok segelte auf den Boden.
– Gen, über das Schloß weiß der Bengel Bescheid, – sagte Skoba, – Leontjev hat damals auf ihn gedeutet.
– Du kannst mich mal mit deinem Leontjev, – Toljapa machte den Zwischenblock zu. Marik hatte Olga den Arm halb gebrochen und saß auf ihren Beinen:
– So läuft das, du Aas.

Toljapa packte Sereža an den Haaren:
– Na? Sagst du, was mit dem Schloß ist?
– Leck mich am Pint! – rief Sereža und versuchte sich loszureißen.

Toljapa schleuderte Sereža auf den Boden:
– Nicht nur am Pint. An den Eiern, den Augen, den Ohren – eins nach dem anderen, bis du auspackst. Schafft ihn in

den Duschraum. Und die da durchsuchen und ab ins Loch. Ryba, Valtik – ihr seid mir verantwortlich.

Kiselek und Ljutik zerrten Sereža hinter sich her.

– Wenn euer kleiner Wichsarsch nicht redet, reißen wir euch die Gedärme einzeln aus dem Leib, – Toljapa gab Olga einen Tritt. – Und dir schlitz ich die Möse auf. Eigenhändig.

Rebrov, Olga und Staube wurden durchsucht und dann in eine dunkle leere Kammer gestoßen. Vitja sperrte ab, Koren zerrte eine Sitzbank vor die Tür. Sie hockten sich auf die Bank.

– Er hat mir irgendwas gebrochen. – Rebrov tastete sich im Dunkeln ab. – Oj, tut das weh…

– Es so zu versauen! – schnaufte Staube – Ausgeschissen, ausgepißt in nur einer Minute! Olga Vladimirovna, wo ist Ihre Reaktion geblieben?

– Und was war mit Ihnen… Schweine, Schweine, Schweine! Vitja! Wie gibts das?! Warum wußten die nichts? Vitja! Vitja!

Rebrov blieb stumm. Sie hörten einen herzzerreißenden Schrei, es war Sereža.

– Schweine! Schweine! – Olga hämmerte gegen die Tür, – Verdammte Säcke! Laßt ihn!

– Wir lassen ihn schon, – kam es von draußen. – Wir schlitzen ihn auf, und dann lassen wir ihn.

– Dreckswichser! Scheißkerl!

– Wenn du weiter so kläffst, schick ich dich in den Frost raus.

Sereža schrie.

– Schweine! Was machen die mit ihm! Vitja! Was sitzt du da! – sie gab ihm im Dunkeln einen Stoß.

– Ah! – schrie Rebrov auf. – Das tut weh… Wahrscheinlich Golubev. Ja. Ich habe beim Auswerfen seine Reihen nicht kontrolliert. Er konnte Leontjev kennen. 62, 1, das ist nicht

das Kleno, sondern, halt mal... nein! – er kroch zur Tür, – Halt! Aufmachen! Ihr dürft ihn nicht anrühren! Nicht alles kaputtmachen!
– Wir hocken total in der Tinte! Tfuh, zum Kotzen nochmal! – Staube spuckte aus, – mit der Fresse in die Scheiße! Zack! Und tief schnaufen, ihr Wichser!
– Sereženka... Schweine! Er weiß überhaupt nichts! Vollidioten! Ihr macht alles zunichte! Mach auf, du Idiot!
– Ich werd dir gleich was aufmachen, – ließ Vitja sich vernehmen, er kaute auf irgendetwas herum.
– Schluß! Im Arsch... – Staube riß sein eines Hosenbein auf und begann blind sich die Prothese abzuschnallen, – Dann lieber in die Luft geflogen und im Arsch. Es reicht.
– Wie? Was haben Sie vor? – fragte Rebrov konfus.
– In meiner Prothese ist eine Granate. Kommen Sie, wir sprengen uns gemeinsam in die Luft. Ich kann nicht mehr... zum Teufel mit diesen Fundamenten...
– Was für eine Granate? – Olga ertastete den schweißnassen Kopf des Alten.
– Eine ganz gewöhnliche... scheißegal, was für eine, also, ihr Lieben. Sterben muß man sowieso, Olenka...
– Warten Sie... wo?
– Hier im Anfangsstück, den Draht entfernen, und im Prothesenhals steckt die Schnur... kommt, ihr Lieben, die Köpfe auf die Prothese, und ich ziehe an der Schnur.
– Geben Sie doch mal her, – Olga nahm Staube die Prothese weg, tastete sie ab. – Wie sind die beiden draußen bewaffnet?
– Der eine hat eine Pistole, der andere... weiß nicht mehr, liebste Olenka, Ihnen reißen sie die Möse auf, und uns ficken sie ins Hirn, sprengen wir uns lieber in die Luft!
– Pssst, nicht so laut. Kriechen Sie in die hintere Ecke, Vitja, du schnell dorthin. Ohren zuhalten und Mund auf.
– Olja, Olja!

– Macht schon, ich warte nicht lang! – sie klemmte den Prothesenhals unter die Türklinke, klopfte gegen die Tür, – Jungs, entschuldigt! Ich hab euch eine sehr wichtige Mitteilung zu machen!

– Wir hören, Genosse Tusse! – Vitja grinste.

Olga riß den Draht ab, zog an der Schnur und warf sich in eine Ecke.

Die Explosion riß die Tür heraus. Olga rannte in den rauchigen Korridor, zerrte dem von der Explosion verstümmelten Vitja die Makar aus der Seitentasche. Am anderen Ende des Korridors kamen Marik, Kiselek und Kolja aus dem Duschraum gerannt. In Kniehocke eröffnete Olga das Feuer. Marik war getroffen, Kiselek und Kolja erwiderten das Feuer aus MPs. Olga warf sich in einen gegenüberliegenden Abstellraum. Rebrov packte den zuckenden blutüberströmten Koren am Bein, zerrte ihn in die Kammer. Staube zog ihm die Nagan aus dem Gürtel, lehnte sich aus der Tür und feuerte los. Eine MP-Salve ließ den Türpfosten oberhalb seines Kopfes splittern. Staube suchte Deckung.

– Werfen Sie her, keine Munition vergeuden! – schrie Olga. Staube warf ihr die Nagan zu.

– Lauft zur Treppe! – Olga feuerte aus der Nagan vier Schuß ab, einer davon traf Kolja in die Brust. Staube hüpfte in den Vorraum, sein leeres Hosenbein schlenkerte, Rebrov rannte ihm humpelnd hinterher. Toljapa gab einen langen Feuerstoß ab, zwei Kugeln trafen Rebrov in die rechte Seite, an Staubes linker Hand riß es den Zeigefinger weg. Olga warf die leergeschossene Nagan hin, feuerte aus der Pistole. Ein Schuß zerfetzte Toljapa die Backe.

– Fuck! Fuck! Fuck! – brüllte er und verschwand in einem der Zimmer. Jetzt tauchte Skoba im Korridor auf mit dem schweren Maschinengewehr. Olga stürzte in den Vorraum, an die Tür, die Treppe hoch. Staube zog Rebrov am Arm mit:

– Los, los!

Olga faßte Rebrov am anderen Arm, sie schleiften ihn nach oben.

– Den Zwischenblock… er muß auf die 19… – Rebrov mußte husten.

– Scheiß auf Ihren Zwischenblock! Die machen Hackfleisch aus uns!

– Versteckt euch bei den Pferden, da ist es dunkel! Die sollen alle hinter mir her nach oben, und ihr dann in den Keller! – Olga rannte hinauf in den ersten Stock.

Staube und Rebrov versteckten sich im Vestibül.

Als erster kam Skoba die Kellertreppe hochgerannt und gab einen Feuerstoß ab.

– Fick dich selbst, Idiot! – brüllte Olga von oben.

Skoba, Kiselek und Ljutik antworteten mit Schüssen. Stuck und Marmorbrocken kamen herunter.

– Danebengepißt, ihr Schwänze, los, hinterher! – schrie Toljapa.

Skoba, Kiselek und Ljutik stürmten nach oben.

– Geh in die Kantine und stell dich dort an die Treppe, – sagte Toljapa zum Dok.

Der Dok rannte vom Vestibül nach rechts weg. Toljapa riß einen Fetzen von seinem Hemd ab, drückte ihn gegen die Backe:

– Leck mich…

Er nahm die MP in die linke Hand und ging links in den Korridor. Olga war jetzt im dritten Stock, sie hetzte über den Korridor bis in eine Halle. Dort stellte sie sich hinter eine Säule. Hier war es kalt, aber nicht sehr dunkel: Mondlicht fiel durch die großen, halbzertrümmerten Fenster der Halle. Olga zog das Magazin heraus, zählte die Patronen: zwei im Magazin, eine im Lauf. Schnell zielte sie probeweise auf alle Ecken eines Fensters und flüsterte:

– Toi, toi, toi.

Auf der Treppe war ein Rascheln zu hören. Olga zog ihre Stiefel aus, nahm einen in die linke Hand. Kiselek schob sich dicht an der Wand vorsichtig den Korridor entlang, die MP schußbereit. Er kam an die erste Tür, stieß sie mit dem Fuß auf, stürmte hinein, kontrollierte das Zimmer und rannte sofort wieder hinaus. Als er sich der Halle näherte, stieß Olga einen vernehmlichen Kehllaut aus und warf den Stiefel nach links. Kiselek gab einen Feuerstoß in Richtung Stiefel ab, Olga sprang nach rechts hinter der Säule hervor, schoß. Die Kugel traf Kiselek in die linke Schulter, er schrie auf, drückte auf den Abzug. Olga machte zwei blitzschnelle Sätze, schoß. Die Kugel traf ihn in der linken Seite, er schrie, schwenkte den Lauf herum auf Olga, sie sprang hinter eine Säule, die Marmorverkleidung splitterte im Kugelhagel. Kiselek sank auf die Knie, dann sprang er wieder auf, rannte los, ließ sich hinter eine andere Säule fallen, rief mit heiserer Stimme:

– Baton! Vasja!

Olga gab wieder diesen Kehllaut von sich, dann sprang sie hinter der Säule hervor. Kiselek feuerte, Olga sprang rechts, links, rechts, rannte zu seiner Säule, blieb davor stehen. Kiselek zog die Beine ein, erhob sich auf die Knie. Olga tat einen gellenden Schrei, streckte den Kopf links von der Säule heraus, er schoß, sie sprang nach rechts, bückte sich, streckte den Arm vor und schoß ihm ins Gesicht. Auf der Treppe war Getrampel zu hören. Olga warf die Pistole weg, griff sich die MP, rannte durch den Korridor und hinein in das offene Zimmer. Skoba und Ljutik liefen zu der Leiche. Skoba ging in die Hocke, drehte das entstellte Gesicht ins Licht:

– Du übernimmst die Büros, ich gebe Feuerschutz.

Ljutik kontrollierte ein Zimmer nach dem anderen. Als er in die Bibliothek schaute, tat Olga einen Schrei. Ljutik feuerte auf die Bücherregale. Olga, die hinter einem Schrank

stand, drückte auf den Abzug: Der lange Feuerstoß durchschlug erst den Schrank, dann Ljutik, dann ein Fenster in der Halle. Olga rannte weiter nach hinten in die Bibliothek. Skoba kam, stieg über Ljutik, der zuckend am Boden lag, und eröffnete das Feuer aus dem schweren MG. Olga warf sich auf den Boden. Immer wieder kurze Feuerstöße abgebend, kam Skoba durch den Gang zwischen den Regalen. Die großkalibrigen Geschosse zerfetzten die Bücher, das Patronenband schleifte am Boden. Olga, die hinter einem umgestürzten Regal lag, griff nach einem dick mit Staub überzogenen Buch, schleuderte es quer über den Gang. Skoba verharrte, ging in die Hocke. Olga nahm das nächste Buch, warf es etwas weiter. Skoba nahm ein Buch aus dem Regal, warf es. Olga nahm ein Buch, setzte sich auf, richtete die MP auf den Gang. Skoba nahm mehrere Bücher und warf sie nach vorn. Eines davon traf Olga. Olga warf ihr Buch. Skoba gab einen langen gestreuten Feuerstoß ab, dann lauschte er. Olga machte die Lippen rund und stieß einen leisen hohen Laut aus. Skoba kam den Gang entlang. Das Patronenband schleifte am Boden. Olga verstummte. Skoba hielt inne. Bis zu Olga war es noch ein Regal.
– Weißt du, mit Weibern kann ich ums Verrecken nicht, – sagte sie.

Skoba war mit ein paar Schritten bei ihr, richtete das MG auf sie:
– Na los.

Olga ließ die MP fallen, stand auf:
– Die kommen immer vor mir.
– Hast gedacht – mit Kräuseln? – Skoba lächelte grimmig, – Du Flickschneiderin! Ab, beweg dich.

Olga ging durch den Gang zur Tür:
– Kann ich meine Stiefel anziehen?
– Vorwärts! – er stieß sie mit dem MG-Lauf. Sie kamen in die Halle, Olga suchte ihre Stiefel, zog sie an.

– Das mit Saška, stammt das von dir, oder haben dir das deine Wichsbolde beigebracht?

Olga schwieg.

– Ab, geradeaus.

Sie lief den Korridor entlang, blies sich in die steifgefrorenen Finger. Bei der Treppe zum Notausgang blieb sie stehen.

– Ab, runter, – Skoba gab ihr einen Stoß. Olga ging auf die Knie:

– Warte...

– Na!

– Warte... ich kann so nicht. Warte! Da ist Farbe in Schichten! Ich konnte mir schließlich nicht alles ausdenken! Man darf ja nicht sofort!

– Mach, daß du runterkommst! – Skoba gab ihr einen Tritt, – Verklicker mir noch das mit der Skala!

– Ich kann es nicht sofort! – Olga begann zu schluchzen, – Da sind Markierungen! Ich bin keine Maschine!

– Vorwärts, nicht trödeln!

Olga stieg die dunkle Treppe hinunter, Skoba blieb hinter ihr.

– Da sind Markierungen! Man darf nicht! Man darf nicht! – schluchzte sie.

Sie waren gerade erst im zweiten Stock, als hinter ihnen eine MP knatterte:

– Hinlegen!

Die Kugeln fetzten den Putz von der Decke. Olga warf sich zu Boden.

– Freund! – Skoba drehte sich herum zu Toljapa und gab einen langen Feuerstoß ab. Toljapa segelte übers Geländer, krachte auf die Stufen. Olgas Pistole rutschte aus seinem Hosenbund, purzelte die Stufen hinab.

– Dort ist noch einer! – schrie Olga.

Skoba schaute nach oben. Olga sprang auf, machte einen Satz übers Geländer nach unten.

– Hockenbleiben! – Skoba eröffnete das Feuer.

Olga war auf den Treppenabsatz gesprungen; sie hob die Pistole auf, rannte weiter nach unten. Von unten kam eine MP-Salve, die Kugeln pfiffen an Olga vorbei. Sie ging hinter der nächsten Ecke in Deckung.

– Hockenbleiben, verdammt! Bleib hocken, Schlampe! – Skoba lief schießend die Treppe hinunter. Olga entsicherte die Pistole. Unten wurde ein Feuerstoß abgegeben, die Kugeln schlugen neben ihr in die Wand. Skoba verharrte. Die verschossenen Hülsen kullerten über die Treppe. Von unten kam ein Pfiff. Skoba erwiderte ihn. Das Blut von Toljapa tropfte vom zweiten Stock herunter, gefror im Fallen. Die Eiskügelchen prallten im Dunkeln neben Olgas Füßen auf. Olga sprang nach rechts, fiel hin, robbte sich in den Korridor. Von oben und von unten wurde geschossen. Sie sprang auf, hetzte den Korridor entlang.

– Ich mach dich alle, verdammt! Hockenbleiben! – schrie Skoba.

Am Ende des Korridors stieß Olga eine holzgetäfelte Tür auf und stand im großen Sitzungssaal. Die Scheiben der breiten Fenster waren eingeschlagen, hereingewehter Schnee lag auf den Reihen vermoderter Polsterstühle. Bis zu den Knien im Schnee watend, nahm Olga den Mittelgang, sprang aufs Podium, setzte über den zusammengebrochenen Tisch mit den völlig verschimmelten Fetzen roten Tuchs und stellte sich hinter die massive Marmorbüste von Lenin. Skoba kam hereingerannt, gab einen gestreuten Feuerstoß ab, Olga feuerte zwei Schuß hinter Lenins Schulter hervor: Die erste Kugel prallte als Querschläger von Skobas MG ab, die zweite traf ihn in die rechte Hüfte. Er schrie auf, warf sich in eine Schneewehe, kam ein Stück hoch und eröffnete das Feuer. Marmorbrocken splitterten von der Büste ab, Olga warf sich auf den Boden, robbte zu dem in sich zusammengefallenen Flügel, wollte anlegen, doch da kam direkt vor ihr aus den verrotteten Trümmern eine riesige, bucklige Ratte mit kurzem, aber unglaublich fettem Schwanz heraus; sie hüpfte schwerfällig vom Podium und trippelte gemächlich davon. Olga sprang auf und feuerte laut kreischend auf die Ratte, so lange, bis die Pistole klickte und das Laufrohr vorn herausstand.

– Vielen Dank, – kam von hinten die Stimme des Dok. – Ein Biest weniger.

Olga fuhr herum. Der Dok trat aus einer Öffnung in der Rückwand, richtete eine MP auf sie:

– Vasja! Freund.

– Ich mach dich alle, verdammt! Ich mach dich alle, du Fotze! – Skoba krabbelte aus der Schneewehe, humpelte zum Podium.

– Nicht, Vitja! – schrie Olga und starrte erschrocken hinter den Dok.

Der Dok sah hinter sich, Olga sprang zu ihm hin, packte die MP am Lauf, riß sie nach oben, der Feuerstoß ging in die Decke. Olgas andere Hand verkrallte sich ins Gesicht des Dok, sie fielen hin.

– Die gehört mir, verdammt! – Skoba war bis ans Podium gehumpelt, warf das MG hin, kroch zu den Kämpfenden. Der Dok gab Olga eins mit der Faust auf den Kopf, ließ dabei aber die MP los, Olga hechtete seitwärts, Skoba packte sie am Bein, zerrte sie zu sich her, sie rutschte über das vom Frost aufgeworfene Parkett, Skoba stürzte sich auf sie, hackte ihr seine Zähne in die Backe, sie schrie auf, tastete nach dem Abzug, setzte die Mündung an Skobas Ellbogen: sein Arm flog in den Saal, er schrie auf, ein Stück von Olgas Backe fiel aus seinen Zähnen, Olga riß sich los, der Dok knallte ihr den Fuß ins Gesicht, sie flog gegen die Büste, ließ dabei die MP fallen, der Dok stürzte hin.

– Verdaaaaammt! – Skoba packte die MP am Lauf, holte damit aus, Staube gab drei Pistolenschüsse auf ihn ab,

Skoba fiel mit einem Schrei vom Podium, der Dok warf sich hinter die Büste, Olga verkrallte sich in ihn, Staube hüpfte schnell zur Büste, der Dok feuerte, die Salve zerfetzte Staubes Pullover unterhalb der Achsel, Staube schoß im Fallen, die Kugel traf den Dok in die Schulter, Olga griff ihm in den Mund, zog ihn nach unten, der Dok fiel hin, versetzte ihr einen Schlag mit der MP, Staube kroch weiter bis zur Büste, schoß, die Kugel riß dem Dok das Kinn ab, streifte Olgas Hand, Staube packte den Dok am Kopf, knallte ihn mehrmals gegen die Ecke der Büste:

– Verrecke! Verrecke! Verrecke!

Olga griff nach der MP, stieß Staube weg, feuerte dem Dok ins Gesicht, Hirn und Blut spritzten auf die Büste.

– Viktor drüben ist am Krepieren, – Staube warf die leere Pistole weg, stützte sich an der Büste ab und stand auf.

– Und Sereža?

– Lebt, wir müssen ihn losmachen, vorwärts.

Sie kletterten vom Podium und liefen, sich gegenseitig stützend, durch den Mittelgang, doch Staube fiel hin:

– Verdammte Scheiße… Olenka, gehen Sie, ich werde es kriechenderweise schaffen.

Olga hängte sich die MP um, nahm eine Handvoll Schnee, drückte ihn an ihre zerfleischte Backe:

– Klettern Sie auf meinen Rücken.

– Ach was, nein…

– Nun machen Sie schon! Machen Sie! – schrie sie.

Staube hängte sich an sie dran, sie lief los. Sie passierten die Tür, den Korridor. Im Vestibül wurden sie von zwei riesigen Ratten erschreckt, die an der Leiche der Zugbegleiterin herumfraßen, dann stiegen sie in den Keller. Sereža hing nackt im Duschraum an einem Haken, den sie ihm unterhalb des Schlüsselbeins durch die Schulter gestoßen hatten. Rebrov saß in der Ecke, die Hände auf seine Wunden gepreßt.

– Ich halte ihn. – Staube umfaßte Serežas Beine. Olga durchschoß das Seil, Sereža fiel in Staubes Arme.
– Sereženka, – Olga zog den Haken heraus, Sereža stöhnte auf.
– Mir… verschwimmt alles. – Rebrov war bleich, er schloß die Augen, nickte mit dem Kopf. – Kleines Auswerfen… schnell.

Olga brachte den Aktenkoffer, holte den Felderplan heraus, legte ihn auf dem Boden aus. Staube gab Rebrov die Ebenholzkugel, Rebrov schubste sie mit seinen blutigen Fingern an. Die Kugel blieb auf »Dienst« stehen. Olga setzte den einen Chip auf die 3, den anderen auf die 7. Staube berührte mit dem Stab Rot. Olga zog Sereža zum Felderplan, begann ihn zu ohrfeigen:
– Sereženka, das Auswerfen, Sereženka…

Sereža machte die Augen auf. Ein dünnes Blutrinnsal lief unter dem Schlüsselbein heraus. Olga drückte ihm die Kreide in die Hand, er fuhr mit ihr über »Wand-Schloß« und ließ sie fallen. Rebrov schob das Segment auf »Groß«, schubste die Kugel an. Die Kugel blieb auf »Vertrauen« stehen. Olga versetzte den rechten Chip auf die 29. Staube fuhr mit dem Ring nach Rot. Olga drückte Sereža die Kreide in die Hand. Sereža markierte »Wand-Haus«. Rebrov tippte mit dem Finger auf »Unv-Wurzel«, schob das Segment auf »Beseitigung«, schubste die Kugel an. Die Kugel blieb auf »Pause« stehen. Olga versetzte den linken Chip auf die 2. Staube berührte mit dem Stab Gelb. Sereža wurde ohnmächtig. Olga schüttelte ihn:
– Serež! Der letzte Kreis.

Staube klatschte ihm auf den mit Striemen überzogenen Hintern:
– Laß uns nicht hängen, nur noch ganz wenig.
– Mir… ist total schlecht, beeilt euch… – Rebrov legte sich auf den Rücken.

Olga begann Sereža zu ohrfeigen:
– Hey! Hey! Hey!
– Weckt ihn... auf, – schnaufte Rebrov schwer und mußte husten.

Olga drehte die Dusche auf, schleifte Sereža hin, das kalte Wasser lief ihm übers Gesicht, Staube rüttelte an seinen Füßen, wobei er alles mit dem Blut verschmierte, das aus seinem abgeschossenen Finger kam:
– Komm zu dir, mein Kleiner! Komm zu dir, um Christi willen!

Sereža rührte sich nicht. Staube biß ihm ins Bein, Olga schlug ihm ins Gesicht, bespritzte ihn mit Wasser.
– Der Haken... – sagte Rebrov und sah zur Decke.
– Mhm... – Olga ließ Sereža fallen, knüpfte das zerschossene Seil mit einem Seemannsknoten zusammen.

Staube stieß Sereža den Haken in die Wunde unterm Schlüsselbein, Olga zog am Seil:
– Liebster Sereženka, bitte!

Sereža schaukelte überm Boden. Staube packte ihn am Hodensack:
– Wach auf, Mistkerl!

Sereža stöhnte auf. Olga ließ ihn herunter, zog ihn zum Felderplan, Staube drückte ihm die Kreide in die Hand.
– Sereža, ich bitte dich, – meinte Rebrov, er stützte sich auf.

Sereža machte eine Faust um die Kreide:
– Mein Rücken... er tut weh...

Olga drehte seinen nassen Kopf zum Felderplan. Die Hand mit der Kreide sank herab auf »Wand-Ausgang«. Rebrov zog weg auf die 7, schob das Segment ins Feld, schubste die Kugel an. Die Kugel blieb auf »Sprung« stehen.

Staube bekreuzigte sich, schleuderte den Stab weg. Olga riß den Haken aus Seréžas Schulter. Rebrov stand auf, stützte sich an der Wand ab:

– Genrich Ivanyč... holen Sie eine Brechstange von drüben... oder ein Stemmeisen.

Staube hüpfte in den Korridor hinaus. Olga suchte Serežas Kleider zusammen, wollte ihm den Pullover überstreifen.

– Nicht nötig, – Rebrov ging schwankend in den Korridor hinaus.

Olga schleifte Sereža mit. Rebrov ging ins Büro des Dok, packte den Schreibtisch an den Ecken, begann ihn wegzuschieben, er mußte husten, es kam Blut mit.

– Was soll das, Blödmann! – Olga ließ Sereža fallen, schubste Rebrov weg, schob den Tisch beiseite.

Staube kam herein, auf zwei Schaufeln gestützt. In seinem Gürtel baumelten zwei Stemmeisen.

– Mein Rücken... – jammerte Sereža matt.

– Der dritte Parkettriemen von der Ecke aus, – Rebrov lag auf dem Rücken. – Der Zwischenblock, die flüssige Mutter...

Olga rannte hinaus. Staube rammte das Stemmeisen ins Parkett, brach einen Riemen heraus: Metall kam zum Vorschein.

– Wir haben es, – Staube stemmte hastig das Parkett auf. Olga schleppte die Kiste mit dem Zwischenblock und den Koffer mit der flüssigen Mutter an, dann kam sie eilig Staube zu Hilfe. Unter dem Parkett tauchte ein großes stählernes Quadrat auf, das mit acht starken Gewindebolzen festgeschraubt war. Staube und Olga drehten die Bolzen heraus, hoben das Stahlblatt mit den Stemmeisen an, schoben es zur Seite. Darunter befand sich ein Lukendeckel mit Schraubverschluß und einem vierstelligen Zahlenschloß.

– Vitja! – Olga stieß Rebrov an, er kam zur Luke gekrochen:

– 4242.

Staube stellte die Kombination ein, schraubte den Verschluß heraus, zog an:

– Hilf mal.

Olga hakte sich in den Verschlußring ein. Langsam ging die Luke auf.

– Vitenka! Vitenka! – Olga bedeckte Rebrovs bleiches Gesicht mit stürmischen Küssen.

– Da sind Stufen, – Staube sah nach unten, – Und finster. Irgendwo hatten diese Säcke doch eine Taschenlampe.

– Moment! Ich weiß wo! – Olga rannte hinaus und kam mit Mariks Taschenlampe zurück.

– Runter, runter... – murmelte Rebrov.

Olga stieg die Stufen hinab in einen geräumigen Bunkerraum, sie leuchtete mit der Lampe und rief:

– Hier ist bloß ein leerer Keller!

– Runter... – Rebrov hustete. Staube schleifte Sereža zur Luke, Olga kam herauf, nahm ihn in Empfang. Dann hievten sie Rebrov hinunter, den Zwischenblock und die flüssige Mutter.

– Die Segmente, – murmelte Rebrov.

– Von wem? – Olga und Staube wechselten einen Blick.

– Alle.

Olga holte ihres und das von Sereža aus der Tasche, Staube nahm das von Rebrov entgegen, kramte in den eigenen Taschen:

– Ich habs.

Rebrov lag mit der Stirn auf dem Betonboden:

– Legt sie in den Ecken aus... nach der Hierarchie. Mit der großen Skala zur Mitte des Bunkers... mit dem roten Rand nach rechts... bei allen nach rechts...

Olga und Staube liefen die Ecken ab.

– Haben die mir die Beine abgeschnitten? – Sereža stützte sich auf die Arme, – Wo sind meine Beine?!

– Hier, hier, – brummte Staube.

– Die Zahnseide… durch die Enden…
– Über Kreuz?
– Ja.
Eine Minute später war die Zahnseide durch alle vier Segmente gefädelt. Olga holte den Kugler heraus, setzte ihn auf den Seidenfaden. Der Kugler begann leise surrend zu rollen.
– Es läuft… wie es weitergeht, weiß ich nicht… – wisperte Rebrov. – Aber da… da ist einfach schon…
– Sie werden… die Korrektur. – Staube verfolgte den Kugler mit der Taschenlampe.
– Meine Beine… meine Beine! – heulend befühlte Sereža im Dunkeln seine nackten Beine.
– Er hat den Faden leicht verzogen, – murmelte Staube.
Der Kugler blieb stehen.
– Vitja! Was nun? – Olga beugte sich über den vibrierenden Kugler.
– Ich… ich weiß nicht genau… – wisperte Rebrov.
Staube leuchtete auf den Fußboden unter dem Kugler, faßte an eine kaum merkliche Erhebung, die sich als eine unter dem Beton verborgene Stahllasche erwies. Staube zog die Lasche weg. Ein Schlüsselloch kam zum Vorschein.
– Der Schlüssel?
– Am… Hals… – sagte Rebrov mit flüsternder Stimme.
Sereža schluchzte.
– Der Schlüssel! Der Schlüssel! – schrie Olga.
– Am Hals… – flüsterte Rebrov.
Sie stürzte zu ihm, tastete den Hals ab, nahm das Kettchen mit dem flachen langen Schlüssel, reichte ihn Staube. Dieser steckte den Schlüssel in das Schloß, drehte ihn herum. Eine Sirene ertönte, der Boden zitterte und begann nach unten zu sinken.
– Wir fahren, Vitja! – Olga streichelte ihm über den Kopf.
Die Fahrt in den Betonschacht dauerte lange: Die helle

Lukenöffnung wurde immer kleiner, war nur noch ein schwacher Lichtpunkt, verschwand in der Finsternis. Der Boden blieb stehen. Olga leuchtete mit der Taschenlampe: ringsum Betonwände, in einer von ihnen eine Metallplatte mit einem Schlüsselloch. Staube zog den Schlüssel aus dem Schlüsselloch im Boden, gab ihn Olga. Sie steckte den Schlüssel hinein, drehte ihn herum. Ein Federmechanismus klickte, die Platte schob sich zur Seite, gab eine Vertiefung aus Metall frei mit kompliziertem Oberflächenprofil und einer Vielzahl Öffnungen.

– Vitja, schau! – Olga leuchtete in die Vertiefung.

Rebrov lag auf dem Boden und gab keine Antwort.

– Viktor Valentinyč... – Staube kroch zu ihm hin. – Die Korrektur.

Rebrov blieb stumm. Staube drehte ihn auf den Rücken. Olga gab Licht: Die halbgeschlossenen Augen von Rebrov zeigten keine Reaktion.

– Vitja! Vitja! Vitja! – Olga begann ihn zu ohrfeigen.

– Mir ist kalt... – jammerte Sereža.

– Warte, ich weiß wie, – Staube kroch zur Kiste mit dem Zwischenblock. – Gib mir Licht...

Olga leuchtete hin. Staube öffnete die Kiste, begann die Stützschrauben herauszudrehen.

– Olja, Olja, die haben mir Nägel reingeschlagen! – heulte Sereža, er kam an ihre Beine gekrochen. – Olja, sag doch! Sag doch?!

– Hau ab! – schrie Olga.

Sereža hielt schluchzend die Hand auf den Mund gepreßt. Staube zog jetzt den Zwischenblock aus der Kiste:

– Helfen Sie...

Olga half ihm.

– Erraten, draufgekommen, altes Arsch! – Staube lachte. Sie trugen den Zwischenblock zur Wand und setzten ihn in die Vertiefung ein. Das Profil des Zwischenblocks paßte in das Profil der Vertiefung. Staube legte den Hebel des Querschiebers um, schob den Gnek auf die 3, versetzte die Latte auf 5, zog den Paraklit ab:

– Was kam beim Auswerfen vor »Sprung«?

– »Pause«.

Staube berührte den Hebel des Längsschiebers. Der Gnek begann sich zu drehen. Staube stellte den Paraklit auf Autoreverse, versetzte die Latte auf 7. Als die roten Marken von Paraklit und Gnek übereinanderstanden, zog er am Ring. Ein Pfeifen ertönte; alle Achsen senkten sich in die Löcher, die Wand begann zu rucken, sie schob sich nach rechts. Als sie den Anschlag erreicht hatte, gab der Schiebemechanismus einen Summton ab, in dem nun zugänglichen Raum blitzte ein Licht auf. Staube verkrallte sich in den Koffer mit der flüssigen Mutter und kroch mit ihm hinein. Olga schleifte Sereža und Rebrov mit. Sie befanden sich jetzt in einem großräumigen Betonbunker. In der Raummitte standen vier Maschinenpressen vom Typ PRM-118. In den Boden war ein vernickelter Trichter eingelassen.

– Herr, erbarme dich... Herr, erbarme dich... – sich bekreuzigend, kroch Staube zum Trichter, zog den Koffer mit der flüssigen Mutter heran, brach mit dem Stemmeisen das Schloß auf.

– Und Sie wollten uns in die Luft jagen! – Olga lachte nervös, verfiel in einen Heulkrampf.

– Geschafft, geschafft, mein Gott, geschafft... – Staube zog den Stöpsel heraus, kippte den Koffer. Die rötlich-schwarze Flüssigkeit lief in das Trichterbecken.

Olga hatte sich jetzt ausgezogen, sie riß Sereža den Pullover vom Leib. Der Junge schrie auf.

– Lieber, halt noch kurz aus... nein! Ich kann es nicht glauben! Sereženka! Vitja! Und wenn es plötzlich nicht funktioniert?! Wofür! Wofür haben wir dann?! – heulte Olga.

– Fertig, fertig... – Staube ließ den leeren Koffer fallen, begann sich auszuziehen.

Olga hob Sereža hoch, hievte ihn auf den Pressentisch.

– Olja, schon? – fragte er.

– Ja, Liebster, – sie legte seine reglosen, blau angelaufenen Beine in die Stützschalungen, – Und die Arme – hier durch...

Sereža schob die Arme durch die Haltevorrichtungen.

– Aber auch nicht... vor der Zeit... – nackt kroch Staube zu Rebrov und machte sich daran, dessen Schnürsenkel aufzubinden.

– Staube, Lieber, ich faß es nicht! – Olga lachte auf, sie verschmierte sich das Blut im Gesicht. – Wir sind da!

– Wir dürfen nicht zu früh... helfen Sie mir...

Zu zweit zogen sie Rebrov aus, legten ihn auf seinen Pressentisch.

– Dort ist der Hebel... – Staube stieg auf seine Presse.

– Ich weiß. – Olga betätigte den Hebel an Rebrovs Presse, dann an der Presse von Sereža.

Staube langte an seinen Hebel, betätigte ihn:

– Schnell doch...

Olga hastete zu ihrer Presse, legte sich darauf, betätigte den Hebel. Die Pressen setzten sich in Gang. Die Preßkolben fuhren herab, klappten dabei auf.

– Olja! – rief Sereža.

– Sei still! Sei still! – Olga weinte vor Glück.

– Jetzt... – Staube schloß die Augen, leckte sich über die aufgesprungenen Lippen.

Die geschliffenen Kerne drangen in ihre Köpfe, Schultern, Bäuche und Beine. Die Messer begannen zu rotieren, die Pneumovorrichtung senkte sich, das flüssige Phreon begann zu strömen, die Preßkolben drückten auf den Pressentisch. Nach achtundzwanzig Minuten fielen die zu Würfeln gepreßten und gefrorenen Herzen der vier in den

Roller, wo sie nach dem Prinzip von Spielwürfeln markiert wurden. Nach drei Minuten wurden sie vom Roller ausgeworfen auf das Eisfeld mit der gefrorenen Schicht der flüssigen Mutter.

Die Herzen der vier blieben stehen:

6, 2, 5, 5.